后浪电影学院 051

微电影剧作教程

刘纯羽 著 刘一兵 审订

序一　为时代影视文化而写作

《微电影剧作教程》无疑是一本随着当今影视文化创作的普及应运而生的专业读物。伴随着科学技术的发展和社会文明的进步，微电影创作的社会化日新月异，对于影视文化的欣赏与创作逐渐成为人们的一种思维方式、交流方式或生活方式。如同我们这个时代KTV练歌房带来了音乐的大众化；街舞、广场舞和社区舞蹈教室又使得舞蹈大众化；影视文化产业的蓬勃发展，三网合一的信息便利，手机也可以随时随地观看影视作品，伴随而来的在校园、都市、乡村，甚至在家庭中的微电影创作正在走向民间趋于大众化。面对今日中国前所未有文化普及与繁荣，为社会文化需求服务理所当然是专业教育工作者应尽的责任和义务。

刘纯羽是北京电影学院现代创意媒体学院文学系剧作专业的教师，她在本科、研究生阶段，接受了全面、系统的影视剧作专业理论与实践的培养和训练，投身于影视剧作专业的教学工作中，她更是勇于探索和研究，以极大的热忱和社会责任感向专业学生、广大读者奉献出了《微电影剧作教程》这本书。2013年暑假结束、新学期伊始，当我看到这本书的初稿时由衷地为之感慨。然而在我翻开书稿的一瞬间，我却又把书放下，我想做好一种心理准备，以一个普通读者、初学者的姿态尝试着阅读这本书稿。当我真正安静下来仔细读进去的时候，那字里行间没有抽象理论的卖弄，也没有专业研究者的矫情，相反行文中却流露着一种亲和的情态，娓娓道来的愉悦。比如，"初学电影剧本写作的人常常会在最初提出这样一个问题：电影剧本是什么样子的？它有没有通用的写作格式？确实，当你在面前铺上一张白纸或者打开你的电脑准备写剧本的时候，这个问题便会是你不得不问的。如果我告诉你：这事儿好办，你去找个发表出来的剧本看看就可以了。照葫芦画瓢，看看人家在用什么格式，你就用什么格式好了。"好个亲切、温和、实在、轻松的开场白，以饶有趣味的问答形式开始了这本教程的写作。此后的每一个章节、每一个段落的描述依旧是以一个小故事、一个初学者关注的视点"提问"、"回答",逐一展开,生动活泼的笔触贯穿全书始终,形成了独特的个人风格。阅读着这样的一本书稿让我倍感清新与欣慰,我时时处处意识到的是:作者十分清楚她在写什么,又或者是为谁而写作。这正是这本书作为一个影视剧作专业的教育工作者,力求服务于社会文化的可贵之处。在此将这本教程推荐给读者朋友们,先睹为快的我想具体地谈谈该书的特点和本人的阅读体会。

一、章节设置自成一体。我曾阅读过大量的专业教材和学术专著,自己也参与和撰写过不同类型的书籍,所谓的规范格式,章节设置不仅繁琐、程式化,也往往让自己苦恼,甚至有时为了规范化不得不增设某些章节,或者是无奈、遗憾地放弃某些重要的章节,说起来还真是有些好笑。而《微电影剧作教程》一书的章节设置简明、清晰,除了"前言"、"后记"和"附录",就谈"十一章"实际操作写作练习,根本不需要什么"子目录"、"小标题",有些章节看上去是一气呵成,但具体到案例之间的分析又不乏内在的结构和逻辑。比如"第一章"中作者例举了各国不同的剧本写作格式,在比较中层层剖析、步步深入,让读者在很小的篇幅内体会到其讲述的内在联系。的确,这里也不需要任何形式的较劲和修饰,已经是最直接、最恰当的选择方式了。

二、"写作练习"是初学者的创作秘诀。章节目录中一目了然的是"练习"二字,大部分章节内容的设计也分别以"练习的目的和意义"、"练习的内容和方法"以及"作业"等三段式组成。对于影视剧作实践操作的初学者而言,"写作练习"是重点,也是核心。该教程注重初学者的心理和接受过程,作者似乎是以友善的规劝方式,先是问"你知道为什么要这么做吗?"之后是"你知道该怎么做吗?"然后就是"你这样试试看吧!"这里似乎看上去简单,而实际上每一环节的练习,都有作者精心的设计。同样以大量的案例分析给予读者具体、切实、深入浅出的指导,形成了循序渐进的系统教学过程。不断重复的"写作练习"以及三段式的格式,貌似缺乏想象力,然而这正是强调写作的基本功训练,依照作者在该教程中的要求去做,针对每一个"写作练习"的环节认真地操练下去,你会发现真正的创作秘诀就是不断勤奋地"写作练习"下去。

三、无法临摹与复制的人物和人物情感。剧作的核心是人物，难度最大的也是写人物和人物情感表达，该教程以"人物性格构思练习"和"人物性格观察练习"入手指导大家如何重视人物形象的塑造。作者特别谈及"在初学者中，不乏重情节而轻人物者，他们致力于情节的构思，追求形式的新颖，而人物性格的构思却比较草率，笔下的人物有时候甚至成了作者完成预设情节的道具"。并有针对性地分析了富于情感的人物写作案例，教程中用一个"练"字简明扼要地概括了"训练自己的眼睛深入观察人物性格"才是人物写作的唯一途径。我这里想提示读者，在阅读这本教程的过程中，你们是否能够从中观察到刘纯羽老师的某些性格特质呢？这本对电影艺术的深爱，对于初学者的循循善诱，充满情感、想象力和写作灵气的教程，应该给予你们深刻的印象了吧。

撰写一本好的教材不是一件容易的事，而要完成这样一本剧作创作的指导教程，更是需要作者长期的知识、实践和教学经验的积累。相信读者朋友们边读书边认真练习所规定的作业，在这本具备可操作性强的教程引导下写作能力得以提升，为我们的时代影视文化的专业创作与普及做出你们的贡献。

郑雅玲
北京电影学院、北京电影学院现代创意媒体学院教授

序二 微谈《微电影剧作教程》

电影理论家贝拉·巴拉兹早在二十世纪初期，便提出了"电影的出现是人类文化史上同文字一样重要的历史事件"的观点。今天看来，他的说法非常具有前瞻性。伴随着影视技术设备的普及化以及拍摄成本的低廉化，录制一部关乎个人风格的影像作品已不再是遥不可及的目标，蒙太奇也不再是行业导演的专利——它已经作为一种新的书写方式，沁入大众生活。

在文化产业蓬勃发展的背景之下，微电影作为一支年轻的生力军，其势头之猛，后劲之大，影响力之广，更是不可小觑。但是，欣喜之余不免也让人产生一丝忧虑——在激烈的市场竞争中，如何才能保证有效地提高影片质量，多出精品力作呢？

众所周知，从戏剧到电影，被称为"一度创作"的剧本始终是作品艺术生命的决定性因素。微电影作为电影艺术的新形式，自然也不例外。而《微电影剧作教程》一书的问世，可谓是雪中送炭，很好地填补了微电影剧本创作教学上的空白。

首先，微电影作为一门新兴艺术，在编剧技巧和创作方式上有别于常规电影，这使许多有志于创作微电影的学生在短时间内难以抓住方法和规律。该教材在指导写作的方法上，以由浅入深、循序渐进的步骤引领初学者进入剧本创作的道道门槛，通过理论的认知和技巧的强化训练，让人们领悟微电影艺术创作的特点，体会剧本写作中蕴含的诀窍和奥妙，为微电影爱好者寻得了一条明晰的学习创作之路径。

其次，微电影作为一门需要实践的艺术，仅凭空泛的理论是难以阐释其创作方法的，而"以实践带动理论"是本书的一大特色。该教材的每一章都包含大量生动丰富的例证，从不同角度、不同层面论述各个知识要点。这些例证有中外经典短片案例，也有颇具代表性的学生作业案例，以引发学生的思考，促使学生从案例中吸取营养，将成功的经验运用到自身的实践之中，规避微电影的创作误区，这使得本书不仅具有学习钻研的价值，而且具有亲和力和感染力，由此激发学生的创作热情，提高学生的创作积极性和主动性。

最后，微电影作为一门充满挑战和创新的艺术，它未来的发展方向存在着极大的不确定性，因此，为使这门艺术能够不断扩充、壮大，更需要加强理论指导。在各大院校纷纷开设微电影课程，学生们拿起手中的摄像机、手机等设备拍摄属于自己微电影的今天，本书不失为一部兼具理论性和实用性，有较强指导意义的理想教材。倘若将其列为艺术院校在校生、微电影创作爱好者研习微电影的必读书目，应该是一个明智的选择。

陆 军
上海戏剧学院戏文系主任、教授、博士生导师

序三　现实照进梦想

　　对于一门实践性课程说来，它的教材必须具备对实践活动的具体指导性和可操作性。与那些空谈理论的中外剧作法书籍相比，这本《微电影剧作教程》显然优势更加突出。它不仅有充足的例证分析，更有循序渐进的系列练习设计。学生在面对这本教材的时候，不会感到束手无措。只要他们按照这本教材设计的练习一步一个台阶地走下去，他们的剧作能力必然会有提高。

　　很多用所谓的"剧作秘诀"哄骗人的书都有一个最大的特点，就是把生动活泼的创作活动变成一种僵死的套路。表面上看，它们是那么重视"技巧"，然而实际上却放弃了对剧本成败最关键问题的教学，那便是"人"！剧作首先是人学，如何观察和构思人物性格才是一部剧作最最核心的问题，值得钦佩的是，这本教材没有忽视或者回避这个难题，并且设计出了确实可以操作的练习。

　　一些讲授剧作理论的书籍往往摆出一副高深莫测的架势，把本来用最简单的语言便可以说明白的道理变成佶屈聱牙的文字，似乎不这样便不足以显示自己的学术深度似的。可是这本教材却与之相反，它充满了亲切感和亲和力。它以一种温和活泼的笔调，表现出了一种对学生的关爱和鼓励。你阅读它的时候会从中获得一种对电影艺术热爱的激情和一位慈祥的老师在你耳边亲切的鼓励。它本身便是一本动人的诗。

　　当然，能够写出这样的教材一定是很不容易的，因为这除了需要作者本人有对教学经验的长期的积累和对学生练习的无数次的倾心指导之外，还必须有一定的剧本创作体验。因此，这本书尽管算不得什么鸿篇巨著，却能够让我们在捧起它阅读的时候感受得到它在学术上的严谨和厚重。

　　在当今微电影正在蓬勃地成长为新兴文化产业的时刻，在愈来愈多的怀揣电影梦想的青年学子把微电影当作实现梦想的台阶的今天，在越来越多的高校引入微电影教学课程的当下，这本教材的诞生无疑是值得重视和推介的。

刘一兵
北京电影学院教授、博士生导师

目 录
Contents

序一 为时代影视文化而写作 ········· 郑雅玲 1

序二 微谈《微电影剧作教程》 ········ 陆 军 4

序三 现实照进梦想 ················ 刘一兵 6

前 言 ································· 10

第一章 从电影到剧本 ···················· 1

第二章 认识"一场戏" ················· 23

第三章 无对白练习 ····················· 33

第四章 对话练习 ······················· 65

第五章 选材练习 ······················· 83

第六章 题材分析练习 ··················· 93

第七章 人物性格构思练习 ·············· 105

第八章 人物性格观察练习 ·············· 125

第九章 故事梗概练习 ·················· 137

第十章 分场提纲练习 ·················· 145

第十一章　剧本写作练习 ················· 155

后记 ································· 182

附录一　《从电影到剧本》参考答案 ········ 184

附录二　《认识"一场戏"》参考答案 ······· 192

附录三　《无对白练习》参考答案 ·········· 193

附录四　《对话练习》参考答案 ············ 195

附录五　《人物性格观察练习》参考答案 ····· 198

附录六　《妞妞》剧本 ··················· 200

出版后记 ····························· 206

前　言

　　这是一本为学习电影创作的学生和广大"微电影"创作者们编写的教材，一本讲授如何写作电影短片剧本的教材。如果你心中有着一个美好的电影梦想的话，那么这本教材也是为你写的。

　　在数字视频和音频技术飞速发展的今天，在当今电视、互联网、手机三网合并的时代，我们惊讶地发现，普通人制作一部自己的"微电影"已经成为一种轻而易举的事情。昔日的卡拉OK，使得每个普通人都获得了在音乐伴奏下为你的听众们一展歌喉的机会。而今天的数字技术则打破了只有专业电影工作者垄断的电影创作的神秘性，把电影创作变成了一种大众化的书写方式——人们就好像拿起笔来写文章那样容易地拿起了摄像机，以镜头为笔来书写他们想要表达的东西。对于今天的人们说来，蒙太奇不再是一种专业人士垄断的语言，而成为一种我们每个普通百姓都能运用的语言。"微电影"爆炸般增长成了一种文化现象。它的关注度基本上已经超过了人们对纸媒体文学的关注度。互联网成就了普通人制作电影并放映给上亿观众观看的梦想。于是，"微电影"网站如雨后春笋般搭建了起来。举办"微电影"大赛的电影节多如牛毛。"微电影"已经成为互联网的新商机，它们的高点击率为那些网站带来了丰厚的利润，于是文化商人向"微电影"的投资便也越来越惊人。"微电影"巨浪为怀揣电影梦想的年轻人冲开了理想之门，使他们不仅有机会去实践自己的理想，而且还能用这种实践赚到保证自己生活开销的经费。

　　在为这场革命性变化喝彩的同时，我们必须看到，"微电影"还处在刚刚起步的阶段。设备技术并不能决定一部作品的品质。目前，更多的"微电影"依然处在一个相当业余的阶段。尽管它们中有很多已经表现出了强烈的个性和勃勃生气，但却不免显得幼稚。何况这些"微电影"中间也确实存在着很多"垃圾"！

显然，真正决定一部"微电影"作品质量的首先是它的剧本。而电影短片剧本的创作显而易见有着其与小说创作很不一样的特殊性。如何创作出一个适合"微电影"拍摄的剧本？这其中有哪些门道？这些都需要学习。

我们学习任何技能，都必须由浅入深，先易后难，先简后繁。学习电影故事片创作何尝不是这样？无论你想成为编剧还是导演，你都不可能一上手就去导演一部真正常规长度（通常为90到120分钟）的电影或撰写这样一部大剧本。如果你硬要那样干，那肯定是一件事倍功半、费力不讨巧的事儿。任何负责任的老师都会告诉你，你应该从最简单的事情起步：去创作一部属于你自己的短片吧！

这是一种世界性的共识。几乎全世界的电影院校都会把短片创作当作学生学习电影创作的第一个台阶。例如，美国加利福尼亚大学洛杉矶分校（UCLA）学习电影的学生必须完成的第一个作业，就是一部10分钟长度的无对白的短片。北京电影学院文学系剧作专业的教学计划中规定，在四年的学程里，每一学年都必须完成相应难度的短片制作作业：一年级要制作出5到10分钟的短片，二年级要制作出10到15分钟的短片，三年级要完成15到30分钟的短片，而四年级则会参加全院各系学生共同完成的30到90分钟的毕业联合作业影片。

显然，将短片创作作为学习电影艺术创作的第一个台阶和入门方式是十分正确的选择，它的重要性首先是由电影创作的基本特点决定的。我们都知道，电影是制作出来的，它要求制作者通过团队的协作将编剧的想象最终变成银幕现实。电影创作的这种性质，决定了一个从事电影创作的人应该对电影制作过程和电影创作队伍中的不同行当（编、导、演、摄、录、美、服、化、道、照明、拟音等）的基本任务有或多或少的了解。例如，一个没学习过编剧或表演的人，很难变成一个很称职的导演。同样，一个不了解导演或者表演的编剧也不会是一个很好的编剧。短片创作活动能够使你介入电影创作的各个行当和创作环节，使你十分感性地体验从剧本创作、前期准备、场景和演员选择、分镜头剧本创作、影片摄制直至后期制作的所有过程。这个活动不仅能提高学生对电影制作诸多环节甘苦的了解，也能够锻炼学生的团队意识，而这种意识在未来的电影工作中，在与其他人的合作中是尤为重要的。

人们之所以将短片创作当作电影创作的第一个台阶，更可以从电影思维能力锻炼这个角度去理解。我们知道，不同叙事艺术有着不同的创作工具和材质，而不同的创作工具和材质也决定了他们在创作时思维方式的不同。电影思维显然与戏剧或者小说思维有着极大的不同。它是一种包括了表现对象、画面构图、景别摄法、镜头机位、光线色调、音响音乐、声画关系、蒙太奇等创作元素的思维方式。例如，一个真正的电影编剧所完成的剧本，实质上就是他运用电影思维，将他自己头脑中自编、自导、自演、自我剪接的电影作品记录成文字的结果。一个好的编剧一定要为自己建立起这样一种特有的艺术思维习惯，他才能写出真正适合拍摄成电影的剧本来。当然，没有谁是一开始就掌握了电影思维方法的。这是一个需要训练和学习的过程。固然，电影思维可以通过观看别人的电影作品来获得，但最有效的方式还是拍摄一部你自己的短片。

短片创作的首要环节是什么？当然是作为"一剧之本"的电影剧本。电影短片剧本尽管比常规电影剧本要短得多，但"麻雀虽小，五脏俱全"。它的创作过程同样包括了题材选择、素材提炼加工、结构布局、造型处理、情节构思、人物性格塑造、对话创作在内的一系列创作环节和技巧。初学者往往会急于求成，他们容易过分草率地忽略剧本创作这个阶段，急急忙忙地投入了影片拍摄。结果往往是搭上了很多宝贵的时间和金钱，却没有得到应有的收获。

在这里，我们应该充分强调的是，对学习编剧的学生来说，先学习写作电影短片剧本是尤为重要的。一部可供拍摄90分钟以上长度电影的剧本，人物众多、情节线索复杂、结构庞大……所有这些都要求作者具备相当的创作技巧和经验。初学者如果从这里入手，往往会顾此失彼、捉襟见肘，最终导致束手无策。所以，在电影编剧的教学中，教师们会毫不犹豫地将电影短片剧本写作当作初学者起步的不可或缺的必要阶段。可以断言，一个写不好短片剧本的人肯定写不好长片剧本。其原因很简单，在正规长度的电影中，最小的单位是镜头，由镜头组成场面，再由场面组成情节的段落（有人称其为"桥段"），再由段落构成全剧。简而言之，电影是由数个情节段落组成的。有人索性把每个情节段落称之为电影的"一场戏"。精彩的电影作品一定是由数个精彩的"一场戏"构成的。电影短片剧本的长度恰如长剧本中的"一场戏"。尽管它篇幅短小，但却有着情节的起承转合，有着人物的情感表达，有着画面和声音的造型。因此，进行短片剧本的写作训练能够为以后写作长片剧本打下很好的基础。

电影短片剧本的写作对于电影短片创作如此重要，然而至今在我国却尚未有一本指导学生创作短片剧本的专业教材。《微电影剧作教程》的编写出版首先是为了解决这一教学的燃眉之急，是为北京电影学院现代创意媒体学院所开设的"电影短片创作课"的教学编写的。同时，它也面对所有爱好"微电影"创作的朋友们，满足他们学会创作短片剧本的急切需求。

如下几个特点是这本教材所努力体现的：

（1）以短片剧本的创作过程为它的结构体例。

以往，有一些讲解剧作法的著作是以剧作元素的讲解为章节划分依据的。例如主题、题材、情节、人物、结构、对话……而《微电影剧作教程》却是以短片剧本创作的具体环节和阶段为结构布局依据的。它将按照短片剧本的写作步骤，从选材创意开始，一步步地紧扣创作的各个环节，讲解写作中应该注意的要领和容易出现的偏差。学生按照这本教材的章节完成教程中所规定的作业练习，最终便能完成自己的短片剧本写作。

（2）在讲解短片剧本创作的特殊性的同时，兼顾讲授它与长片剧本的共性规律。

电影短片剧本由于篇幅的限制，在题材规模、主题表达、人物数量和情节量等诸多方面会与长片电影剧本有着某些不同的创作规律。讲解和分析这些特殊的规律将是这部教材的重点。但是，我们进行短片剧本的创作也是为未来创作长片剧本打基础的。何况在更多的问题上，两者的规律是一致的。因此，我们也会在关注短片剧本特殊性的同时关注电影剧本的普遍性的教学。

（3）不空谈理论，力求例证充分具体。

这本教材的特色之一便是以实践教学带动理论学习，而非理论讲述在先，创作实践再后。也就是说，这本教材要求学生完成一个个先后衔接的具体作业。教材将以具体的中外短片剧本为教学例证，尤其强调以学生自己的作业为例证。相信这样的方式更能够增强与学生的互动，让他们能够真正地感受到那些容易出现的问题和毛病。

第一章

从电影到剧本

初学电影剧本写作的人常常会在最初提出这样一个问题：电影剧本是什么样子的？它有没有通用的写作格式？确实，当你在面前铺上一张白纸或者打开你的电脑准备写剧本的时候，这个问题便会是你不得不问的。如果我告诉你：这事儿好办，你去找个发表出来的剧本看看就可以了。照葫芦画瓢，看看人家在用什么格式，你就用什么格式好了。表面上看，这个说法应该也没什么错，不过你真那样做的时候一定会带来麻烦。因为你会发现，即便是发表在刊物上的电影剧本，其文字格式也是千差万别的。不同的国家，不同的作者，在处理不同题材的时候，他们所采用的文字格式是不太一样的。于是，你便会感觉到无从下手，不知道该采用哪一种了。

也许你会说，对于电影剧本说来，内容是最重要的，用什么文字格式来写有那么重要吗？我要说的是，文字格式固然不像内容那样重要，可是你一定知道，电影剧本是拍摄电影用的，它是未来影片的蓝图，是所有摄制组成员工作的依据。而一个恰当的文字方式便能够给他们带来工作上的方便，能够更好地让他们理解你的剧本，甚至把握住你剧本所传达的情绪和体现出来的风格味道。因此，我们还是马虎不得的。

《电影制片手册》[1]的作者曾经说道："按照'正式'格式写作的剧本并不一定是好剧本，但是从专业角度看，它至少能使未来的制片人在拒收之前翻阅一遍。不幸得很，电影业中，形式往往重于内容。一份字迹潦草、不按专业要求抄写的优秀剧本，在剧本审查人手中马上就会遭到否决；而按正规格式写成的蹩脚剧本却会受到重视。购买电影剧本的人通常缺乏美学见解，想想力极差，结果稿子的外表，如稿纸大小、质量和装订却成为形成初步印象的重要因素。虽然仅仅凭这些形式不一定能够卖出剧本，然而它们就像整洁的衣衫革履，能帮助你进入制片人的办公室……如果你受雇于人而写作剧本，该剧本又要由别人来表演的话，你就必须写得清楚

---

[1]［美］威廉·亚当斯：《电影制片手册》，北京：中国电影出版社，1989。

具体，使人能够读懂。这就要求有标准的剧本格式和表达方法。"①他说得不无道理啊。一个文字格式比较专业的剧本确实会更加令人重视。

下面，我们就先来看看市面上到底流行哪几种文字格式的电影剧本。

首先我们来看看在西方国家比较流行的那种比较突出电影制作特征的电影剧本。

《生活，别无其他》（*La Vie et rien d'autre*，1989）节选

英吉利海峡北部海岸　白天　外景

近景。安德烈驾车的侧影（摄影机放在车内）。他们沿着医院基地驾车缓行。

安德烈（挖苦地）：这都是些医院治死的人。甚至还有德国人和阿拉伯人。他们都能治病，连我们也能治！（伊莱娜没有答话）

半全景。小卧车行驶在路上。前景上有一排排的十字架，后景处是医院院墙。

安德烈（画外音）：十字架，刻名字，我知道怎么做。

伊莱娜（画外音）：是吗？

安德烈（画外音）：是，夫人，用嘴。

镜头向右摇，越过汽车，映现出墓地外的大海。

伊莱娜（画外音，不感兴趣地）：是么。

外省小城　白天　外景

全景。一条平缓的河流，岸边是豪华的房舍。

剧场／警察局　白天　外景

全景。一个士兵凝视着一张贴在已变成警察局的剧场大门上的海报。另外一名士兵骑着自行车进入画面左侧，在那里，可以看到一个红十字大木牌。

骑车人（下了车，叫住门口的士兵）：喂！你来！来帮我放好自行车，快点！（把车交给士兵，然后跑进剧场）

---

① ［美］威廉·亚当斯：《电影制片手册》，151页。

> **剧场／警察局　白天　内景**
>
> 　　半身镜头。在改为警察局的剧场里，公职人员和军人们拿着文件匆匆走过。画面中间，一位中尉正迎接刚刚进来的士兵。
> 　　中尉：啊，总算来了！
> 　　士兵：我的自行车出毛病了。链条总掉，一路上我修了六次。（伸出双手，中尉打断他的话）
> 　　中尉：将军来了，你寻思寻思，有好瞧的！
> 　　士兵：有好瞧的？
> 　　中尉：有好瞧的。

由法国编剧让·科斯莫和贝·塔瓦尼埃创作的这个剧本，其中文译本刊载于《世界电影》杂志1991年的第1期上。这种剧本的文字格式便是典型的被人们称作"铁剧本"的那种类型。这种类型剧本格式流行于西方国家（美国、法国和英国等），有以下这些特点。

其一，在每个场景描写的最前端，写出场景地点以及这场戏的环境是内景还是外景，明确地规定这一场戏的剧情发生在白天还是在晚上。

其二，在行文中，夹杂着很多诸如"全景"、"摄影机放在车内"、"画外音"之类的导摄术语。这种剧本读起来会让人感觉就好像在阅读一份机器设备的说明书，直白地标注出了拍摄这些剧情内容时的景别、机位和摄法。显然，采用这样的文字形式的初衷便是希望能提供给编剧以外的电影创作人员（导演、演员、摄影、美工、服装、录音等）明确的工作方式和任务。造成西方国家流行这样的文字格式的电影剧本类型的原因是多样的，但制片体制的原因肯定是其中最重要的原因之一。因为在把电影创作当作一种制造赢利产品的工业化生产的制片体制下，人们对电影剧本的观念和要求有他们相应的想法。这一点，好莱坞著名制片人威廉·亚当斯表达得十分清楚，他首先把电影剧本看作是"最终出现在胶片上的内容的文字说明"。在他的心目中，剧本首先是为摄制组工作的时候服务的，他说："剧本的内容不仅只供导演一个人所用，参加制片的每一个人，包括制片主任、美工、摄影师、照明人员和其他所有专业人员都要从剧本中找出各自工作的依据。要为这样工作性质各异的人员简要地提供所需的信息，确实需要有一种很精确的格式。"①

因此威廉·亚当斯认为剧本需要写下如下内容：

（1）场景的发生地点；

（2）场景发生在一天的什么时间；

（3）第几镜头（镜头号）；

（4）摄影角度，即观众从什么角度看到这一场景；

（5）景中人物；

（6）剧情和摄影机运动情况说明，即画面变化情况；

（7）演员的台词或解说词；

（8）与演员表演有关的特技效果；

（9）镜头转换。

这便是"铁剧本"格式产生的由来了。

在这里我们必须指出的是，一个好的编剧确实应该在写下剧情内容的同时，在心中想象出这些内容未来拍摄的方式——景别、机位、摄法等，然而，我们并不主张把这些导摄术语用"暗示"的方法传达给摄制组的工作者们。事实上，加入过多的导摄术语，有的时候反而会令电影导演反感，因为他们会有自己的摄制方案和创建。你完全用不着越俎代庖，不如把那些二度创作的事情交给他们来办。而且，过多的导摄术语也会使剧本的情节显得支离破碎，缺少情感的连贯性。一个初学编剧的人，在还没有视听语言经验的时候，生硬地加入那些导摄术语，非但不能提高电影剧本的可拍性，反而会暴露你对电影视听手段的无知。因此，大可不必用"特写"之类的术语来装点自己的剧本。

电影剧本格式因不同的国家地区、不同的创作体制、不同的内容而有着不同的样式。在苏联，有极具阅读价值的诗化剧本，像《恋人曲》（*Romans o vlyublyonnykh*, 1974）、《乡村女教师》（*A Village Schoolteacher*, 1947）等。

---

① ［美］威廉·亚当斯：《电影制片手册》，108 页，北京：中国电影出版社，1989。

苏联曾经是一个电影大国，在苏联时期，曾经涌现出大量的电影佳作。俄国十九世纪的文学巨匠们使得苏联有着深厚的文学宝藏，文学经验是他们电影创作用之不尽的宝库。因此，他们的电影人几乎无一例外地把电影剧本看作是一种新的文学样式，特别重视它的文学性和可读性。例如苏联剧作家叶夫根·加布里洛维奇（Yevgeni Gabrilovich）就明确地认为："重视电影剧本创作的特点，深信电影剧作是伟大的文学的一个新的部门，并认为轻视它的卓越的规律是极其缺乏远见而且只会发挥有害影响的。"[1]

出于历史上我们与同属社会主义阵营的苏联的特殊关系，苏联电影曾经深刻地影响过中国的电影事业和电影创作。就连在电影剧本观念乃至电影剧本的文字格式方面，我国的电影编剧们都受到了苏联的影响。例如，在很长的时间里，我们都像苏联电影工作者一样，把电影剧本看作是文学的一部分，称之为"电影文学剧本"；把电影学院教授电影编剧专业的部门称作"电影文学系"。苏联电影剧本的文字格式曾经在中国也很流行，那是一种近乎小说或者散文格式的写法。

例如下面《第五个夜晚》（*Five Evenings*，1979）这个剧本。它讲述了一对恋人悲欢离合的故事：伊林回故乡度假，邂逅了隔绝十余年的女友塔玛拉，这一对执著于理想、矢忠爱情的情人终于团聚。这部影片是由苏联著名的诗电影大师尼·米哈尔科夫（Nikita Mikhalkov）编剧并导演的（该片为米哈尔科夫与亚历山大·阿达巴什扬联合编剧）。下面，我们就来看看这种格式的电影剧本有哪些特点。

《第五个夜晚》节选

……

第一个夜晚

黑暗中，有一男一女在对话。

"怎么样？找到了吗？"

"就找到。"

---

[1]《格布里洛维奇选集出版》，载《世界电影》，1985（2）。

"萨沙,你说,什么是爱情?"

"不知道,卓娅。"

"爱情是电流。"

"不过是交流电。也许是这样。"

"不是'也许',就是。你休假到哪天?"

"快到期了,喔!找到了!"

电灯亮了,唱机又重新转动起来。

银幕上出现一间屋子。女主人卓娅有一双大大的眼睛。她身材修长,皮肤白皙,年龄不到三十岁,既有少女的轻俏,又有少妇的风韵。

"啊,真美!哎哟,你别瞧我,可别瞧我,我要换件衣服。"

她把衣柜门打开当作屏风,躲到后面去了。

"行!我不瞧你,我不瞧你。"体格健美、相貌英俊的伊林背对着衣柜,坐在窗前的一张矮凳上,无聊地翻阅卓娅的时装杂志。

衣柜后传出卓娅的声音:"我最怕电着啦,亏得你在这儿,我可不敢钉钉子,也不敢拧灯泡,叫我自己碰到刚才这种事儿,就只能在黑屋子里待着,萨沙!"

"嗯?"

"萨沙,我跟你好了,你可别以为谁都可以跟我亲近。"

"得啦。"萨沙没精打采地说。

"什么叫'得啦'?"

"得啦,我不这么想。"

卓娅哼着歌儿,从衣柜后面走出来。她换上了一件白色半透明的卡普隆小圆领短袖衬衫,腰间系着一条宽宽的黑带,还披着一条浅色的大披肩。她得意地在伊林面前走来走去。

……(为了让大家尽快地看出这个剧本的文字格式,我们在这里删除了一些内容——笔者)

伊林来到另一栋楼房。上楼后,他走到一套单元的门口,按了按铃,一个穿着大花睡袍、嘴上调着烟卷的矮胖老太太应声出来开门。伊林问她:

"塔玛拉·瓦西里耶夫娜住在这儿吗?"

> "塔玛拉·瓦西里耶夫娜住在这儿，"老太太唠唠叨叨地说，"塔玛拉·瓦西里耶夫娜住在这儿，我住在那儿，巴威尔出院了，米佳复原了，这儿住户多，客人整天不断，就是没人爱开门……"

通过上面节选的这段剧本文字，我们不难看出，它的文字格式几乎与小说的写法没什么差别。在这种剧本的字里行间，你几乎看不到任何"特写"、"中景"或者"镜头推成近景"之类的电影导摄术语。甚至每个场景的内容之前，编剧都没把场景是第几号、内景还是外景、场景所在的地点标示清楚。例如，他们不会在"电灯亮了，唱机又重新转动起来"这一段剧情的描写之前，写上诸如"一、内景 卓娅的卧室 日"之类的东西。在更换场景之后，除了空一行之外，还得写上诸如"二、内景 塔玛拉·瓦西里耶夫娜家的楼道 日"之类的文字。而现在这个剧本在换景的时候却只在文字中间空上一行，以此表示场景的变更。至于场景的地点在什么地方，究竟是内景还是外景，那您就只有自己通过剧本的描写来判断了。你甚至会发现，作者在写人物对话的时候，也不喜欢在对话的前边把说出那些话的角色的姓名写出来。这段话究竟出自哪个人物之口，恐怕也只有通过他们的对话内容来自己分辨了。

我们绝对不能说这种文字形式的剧本不符合电影创作的要求。用这样文字格式的剧本，苏联人曾经创作出一部又一部影响世界影坛的佳作。你当然更不能说这种文字格式的电影剧本不够专业或者不够电影化了，这部《第五个夜晚》剧本的作者之一尼·米哈尔科夫自己本身便是一个伟大的电影导演，你怎么可能说他不懂电影呢？

可以说，苏联是"诗电影"的故乡。从爱森斯坦、普多夫金那些老一代的电影大师起，直到今天，苏联电影几乎都保持着一种诗的气质。苏联电影人是用"摄影笔"写"诗"的人，他们最伟大的编剧和导演都是"电影诗人"！也许正是因为这个特点，苏联的电影编剧就不太喜欢那种充满导摄术语的、产品说明书式的、文字机械冰冷的、西方流行的"铁剧本"。在他们看来，流畅的情感传达才是一个剧本真正深刻的使命！如果在一个剧本中突然出现"镜头切"、"特写"之类的东西的时候，人们那种从剧本文字的阅读中所获得的流畅的情感体验会被打断和破坏。也许在他们看来，在拍摄之前，由电影导演带领着摄制组的人们把电影文学剧本变成电影分镜头剧本并不是难事儿，何必替那些专门分镜头的人操心那些技术问题呢？何况，在那个时代，文字剧本也经常被发表在某个杂志上供人们阅读，就好像小说或者散文发表出来给大家看一样。那时候这样的刊物很多，也很有读者。有的读者甚至习惯和乐于读剧本这样的文字。在这种情况下，如果加入导摄术语，肯定会影响他们的阅读情绪，也许这也是苏联这种"电影文学剧本"流行的原因之一吧。

这是苏联文学剧本的样式，这种样式在后来运用得越来越少了。原因之一便是其在拍摄实际中的不便。之后的剧本更多地加入了场景，有的还加入了镜头语言的提示。我们再来看看另外几种文字格式的电影剧本范例。

比较起来，在台湾流行的电影剧本的格式是很有趣的。例如剧本《相思锁儿》。

《相思锁儿》节选

S：01　景：疗养院/电疗室
时：夜　人：林萱、江东浩　①

　　△一双眼睛猛然睁开，江东浩发现自己被绑在一张电疗床上，他的手脚被床缘的皮革约束带固定着，不能动弹。他看到林萱正在调整电疗仪器，她身上穿着医师的白袍。②

　　东浩：林萱！你要干什么？③

　　△林萱拿了牙垫要塞进江东浩的嘴里，江东浩紧闭着嘴，左右扭头闪躲着，不让林萱将牙垫塞进他的嘴里。

　　△林萱突然吻住了江东浩，她热烈地吻着他，江东浩渐渐安静下来，不再挣扎，林萱的唇缓缓移到他的耳边，温柔地对他说。

　　林萱：我真的真的很爱你……

　　东浩：林萱……

　　△林萱趁江东浩不注意，突然把牙垫塞进了他的嘴里，固定好。

△江东浩扭动身体，挣扎着，喉咙里发出含糊的声音。
　　△林萱将电极片贴在他的额头两侧。
　　△林萱轻抚着江东浩的脸颊，仍是温柔地轻声细语。④
　　林萱：别害怕，我会一直在这儿陪着你！
　　△林萱启动电疗仪器。
　　△一阵电流窜进了江东浩的身体，江东浩全身抽搐，天花板上的灯光变成刺眼的一片白光笼罩着他，很快地，他失去了意识，进入休克状态。⑤
　　△黑画面。

　　从这个剧本片段中，我们可以将台湾剧本格式的特点归结如下：
　　（1）台湾剧本中，不仅有各个场景的提示，也包含了每个场景中有多少人物来参与；
　　（2）开始的场面描写用三角符号在开头标明；
　　（3）人物的语言和场面描写划分得很清楚，并且人名放在前面，台词和人名用冒号隔开；
　　（4）每一个人物的行为都区分开来写，人物的每一个动作也都另起一行，这样不仅看得清楚，而且具有节奏感。
　　这样的文字格式当然有它的长处，但也有着它的短处。长处是场景是什么，每场戏有哪些人物出场，哪些是对话，哪些是情景描写，都写得一目了然。不过由于事无巨细，便显得有些啰嗦。而且那些方块和三角形的符号也会多少阻碍我们读剧本时的情绪连贯。
　　那么什么样的文字格式的剧本是我们推荐给大家的呢？请看下面这种文字格式的剧本。

《望远镜和蓝气球》节选

1　教室　　日　　内景　①
　　李老师正在为杨阳他们上语文课，她是个二十多岁的年轻老师，描眉画眼，口红很重，很泼辣直爽的样子，是那种很感性的人。②

　　李老师：同学们，在这个世界上，最最伟大的人就是母亲。是我们的妈妈用她们无私的爱抚育我们成长。我们不是老爱玩老鹰抓小鸡吗？（停下来，扫视下面的孩子们）爱不爱玩呀？

　　同学们齐声："爱——！"

　　只有杨阳一人说了："不——爱——！"

　　老师狠狠地看了杨阳一眼。

　　杨阳一副不以为然的样子。

　　李老师：不管你在外边遇到了什么委屈，或者有谁欺负你，妈妈都会像老鹰那样伸出她的臂膀来保护你。老师的妈妈过去也是这个学校的老师，她现在老了，退休啦，有的时候老师回到家，看到妈妈，心里还是觉得那样的温暖……

　　李老师自己把自己感动了，她挥手擦了一下眼睛，不好意思地笑笑。

　　李老师：所以，今天我们作文的题目就是……

　　她转身在黑板上写下几个大字——我的妈妈，然后放下粉笔，拍了拍自己手上的粉笔灰。

　　孩子们伏案思考着，有的开始写起来。

　　李老师在课桌间左右巡视着。

　　杨阳对着自己的作文本发呆，啃着铅笔头。

　　李老师走到他的面前站下。

　　李老师：杨阳，你在干什么？

　　杨阳：我不想写妈妈。我写爸爸行吗？③

　　同学们发出一阵哄笑。

　　李老师：（沉下脸来）你捣乱是不是？

　　杨阳：不是。因为我妈妈不在。

　　李老师：她到哪里去了？

　　杨阳：她在美国，在那里教美国小朋友学钢琴。

　　李老师：就你喜欢玩幺蛾子的！不行。只能写妈妈！

杨阳噘起嘴，抗议地望着李老师，不写。

李老师径直向前走去的背影。忽然，杨阳在她背后喊（画外音）："老师。"她回过身来看。

杨阳：（笑嘻嘻地）我捡了个东西！

他把手中的恶作剧玩具口香糖伸向老师。

李老师警惕地看了看杨阳，伸手去一拉，结果同样被那个突然跳到手背上的塑料蟑螂吓了一大跳。

杨阳"咯咯"大笑起来。

李老师生气地抢过那个玩具。

李老师：（对其他同学）闹什么？！快写！（对杨阳）你给我到办公室来！

小慧对杨阳作了个"你活该"的表情。

2 李老师办公室 日 内景

那个口香糖玩具放在桌子上。

杨阳在李老师面前挖着鼻孔。

李老师：你站好。

杨阳把手放下。

李老师：我问你，你为什么总要捣乱？

杨阳：我没捣乱。

李老师：你还嘴硬？！（指指口香糖）你这不是捣乱是干什么？④

杨阳又挖鼻孔。

李老师：好吧，你先回教室吧。今天我去找你爸爸说说你在学校的表现！

杨阳：我爸不在家。

李老师：没关系，我去看看他在不在。

杨阳：不许你去！

⑤

3 校园 下午 外景

通过望远镜拍摄的镜头：李老师和几个学生说着话走到了自行车棚前，

> 她一边开车锁，一边和学生打着招呼。
>
> 　　杨阳趴在距离车棚挺远的一排冬青树后面，脑袋上还戴着个用柳条编成的环，正用望远镜看着前方的李老师。
>
> 　　李老师上了车，但摇晃了两下就又下车来了，看看自己的车轱辘，显然两个轱辘的气门芯都被杨阳拔了。她抬起头来四处看（在望远镜的夸张镜头里显得有些狰狞）。
>
> 　　杨阳连忙低下了头。
>
> （作者：刘一兵）

　　这个《望远镜与蓝气球》剧本的格式是目前在世界很多国家流行的剧本格式。它的文字格式的特点如下。

　　第一，①所标注的地方作者写出了场景号、剧情发生的时间、地点，还说明了这地点是内景还是外景。写明场景序号有利于人们一目了然地知道整个剧本有多少场戏，也能清楚地知道其中的某一场戏在剧本中的什么位置。例如，人们在研究剧本的时候便能明确地说："请看第三十六场！"而在剧本中注明时间地点是为了让摄制组的人们在工作的时候能很容易地将同一场景有哪几场戏从剧本中挑出来集中拍摄。同样的道理，注明日景或者夜景也是出于方便剧组拍摄方面的考虑。

　　第二，在每新起一段的时候，句首需要空两个格。这个要求虽然轻而易举就能做到，但也最容易被学生忽视。因为如果直接去顶到一行的头上写，很容易给读者造成错觉，认为这一个段落还未结束，在人们阅读的时候容易引起误解。

　　第三，在③所标注的地方请注意剧本中台词的写作格式。写台词的时候，要先在句首空两个格儿，然后写下那个说话的人名，再在人名的后面加上冒号，然后再写台词。这样的方式能够让演员更加容易和清楚地找到自己的台词所在。不用他们再跑到剧本的文字中找寻自己有多少台词，哪些台词应该是自己说出来的。

　　第四，在④所标注的地方请注意在人物对话的时候怎么写出他同时发生的那些表情动作或者形体动作。通常，如果是开始说话的时候人们就有的动作，就用括号写在说话那个人物名称的后面。如果在那个人物的话语之中发生的动作，便用括号的方式夹在对话之间。需要注意的是，在对话的时候，括号中写下的这样的表情动作提示不能太长。如果一个人物的动作很复杂，就不要用括号的方式夹写在对话中间。还是用一段单独的文字描写出来的好。例如：

> 小凡：（笑着拿起酒杯，喝了一口酒，然后用暧昧的目光看着对方，那深情多少有些像一只猫在戏谑着自己面前的猎物。之后，她把酒杯伸向对方）你不喝一口？这酒别有一番滋味呢。（见对方不接酒杯，便收回了手去，转身走向窗口，朝外看了一眼，把酒杯中的酒浇在了窗台上摆放着的花盆里。那是一盆叫作一品红的花，花开得血红血红。她转过身来，脸色变得很不好看）你不觉得应该对我说点儿什么吗？

像上面这样的内容，括号中写的动作太多，人们反而找不到那些对话了，显得很乱。就不如用下面的方式来写了：

> 小凡笑着拿起酒杯，喝了一口酒，然后用暧昧的目光看着对方，那深情多少有些像一只猫在戏谑着自己面前的猎物。之后，她把酒杯伸向对方。
> 小凡：你不喝一口？这酒别有一番滋味呢。
> 她见对方不接酒杯，便收回了手去，转身走向窗口，朝外看了一眼，把酒杯中的酒浇在了窗台上摆放着的花盆里。那是一盆叫作一品红的花，花开得血红血红。她转过身来，脸色变得很不好看。
> 小凡：你不觉得应该对我说点儿什么吗？

此外，我们必须了解的是，你在写剧本的时候应该给我们的演员留下充分的创作空间。他们都是很聪明和很专业的人，如果他们看了你的对话就知道人物当时的心情和表情是什么，你再把它们用括号啰啰嗦嗦地写出来，说什么"开心地"之类，那可就是画蛇添足了！例如：

> 小凡：（愤怒地）我跟你拼了！

我们从"我跟你拼了"这话中已经看到人物怒不可遏的情绪，你还要喋喋不休地写上"愤怒地"岂不是很可笑？

第五，在⑤所标注出来的地方是个空行。为什么呢？向下看，你会发现，那是新的一场戏的开始。剧本用空行的方式将上下两个场景的内容分开，让看到剧本的人明白场景有了变更。

电影创作是"从剧本到电影"，也就是说，先有剧本，然后再根据剧本来拍摄电影。不过，如果你把事情倒过来进行，"从电影到剧本"，却可以很有效地锻炼你用电影的思维来进行剧本写作。具体点儿说，便是找来一部别人已经拍摄和制作出来的短片，你一边放映着，一边用文字将它记录成电影剧本。这样的练习不仅能帮助你掌握电影剧本的格式，更能提高你的电影思维水平。在练习的过程中，请着重注意如下问题：

（1）写场景号
（2）每起一段的时候，前面要空两个格；
（3）人物对话时不用引号（人物名字之前也要空两个格）；
（4）动作提示，对话中有人物动作，用括号括起来；
（5）场景与场景中间空一行。

还需清楚的是，把短片变成剧本的过程并不是一个纯粹的练习格式的过程。它也是对写作过程的锻炼，是文字能力的锻炼。学会了用文字把电影描述下来，就对电影写作有了最初的认识。就好像学习书法之前总要临摹一样。用文字来写已经成像的电影，也是一次临摹。

《距离托那十二英里》（*12 Miles to Troma*，2002）是一部很不错的短片，他的编剧和导演是新德国电影运动四大主将之一的文德斯。这个导演一生偏爱拍摄公路片,这部短片也不例外。该片写了一个男人在承受身体上极大痛苦,处在崩溃边缘的情况下,开车到十二英里以外的地方找诊所的故事。是《十分钟年华老去》(Ten Minutes Older,2002)系列短片集中的一部经典之作。它生动地展示了一个被疾病折磨的男人如何在十分钟的时间里同自我的抗争,以及家人如何给予他精神支柱。我尝试着把这样一个十分钟的短片按照我们推荐的文字格式,记录成如下这样一个剧本:

距离托那十二英里

1　乡村公路上　日　外景

　　一辆汽车行使在乡间的公路上。路边的乡村的民房稀疏地排列着,并没有多少人。这里还有一些工厂,厂房就建在乡村的边缘。富有乡村气息的轻金属音乐响起。

2　车里　日　内景

　　男人紧握方向盘,专注地开车。

　　方向盘的旁边,老式的诺基亚手机挂在通风口处,一张写着我们爱你的照片在显眼的位置。照片上男人的太太带着两个女儿,表情里溢出幸福的微笑。

　　男人加足马力,汽车到一片空地上戛然停住。

3　门诊部外　日　外景

　　这里是当地的诊所。四周群山环绕。这个门诊离工厂并不远,只有一排平房,蓝色的屋顶。

4　车里　日　内景

　　男人迅速地解开安全带,熄火。随着他的视线望去,车窗外的告示牌不偏不倚地映入了他的眼帘:托那门诊部,周一至周四开放。男人不敢相信自己的眼睛,为了证实自己看到的信息,他念着告示牌上的字。

　　男人:托那门诊部,周一至周四……该死!

望着大门紧闭的诊所,男人感到了绝望。

5　门诊前　日　外景

　　男人下车。到门诊部的玻璃门前,向里望望,敲门。他失望地走到车边,看着眼前的景象。周围荒无人烟。连绵的群山包围着一切,一条公路通向远方。男人的脸上现出痛苦的神情。汗珠已经爬到他痛苦着、有些扭曲的脸颊。忽然,他的眉头舒展开来。一个告示牌映入眼帘:RIDECREST 12。男人看看手表,表盘显示下午四点整。男人犹豫了一下,脱下外套,上车。

6　车里　日　内景

　　他懊恼地猛击方向盘。接着,按下按键,仪表盘上的里程数归零。继而系上安全带,发动车子,离开。

　　汽车飞速地行驶,窗外的景物快速地倒退。男人一边开车一边拿出地图看看。显得有些焦躁不安。眼前的视线清晰、明亮,车子全速前进。男人表情严肃,脸上表情严肃中带着许多痛苦。

男人坚持不住了。

7　公路上　日　外景

　　只有一辆汽车在行驶,以极快的速度。从后面看来,渐渐地画面开始叠化。出现缓慢的重影。

8　汽车里　日　内景

　　男人打开车窗。此时他的脸上已经泛红,汗珠渗出额角。他拿起诺基亚手机，用已经有些模糊的眼睛，盯着键盘，准确而用力地按下三个数字：911。结果却是，无法接通。他放回手机。自言自语着。

男人：OK，OK，来吧。

他看看后视镜，打开汽车的顶棚。顿时，他放松地深呼吸，用力摇摇头，振奋精神。

男人：或许半英里，你做得到！

他打开音响，调大声音。眼前的路越来越模糊了。柏油马路和旁边的山体渐渐溶在一起。连车里的方向盘和音响也成了模糊的一片。他继续调高音量。眼前模糊的路上，一座小山突兀地挡在前面，继而道路的两边都有山的环绕。日落的余晖把这一切都染成了金黄色。他使劲儿摇头，努力看清前面的路。

他深深地呼吸，双手用力地拍打着方向盘。使劲地眨眼。同眼前的迷离做着坚决而顽强的斗争。

他拍打右侧的脸，使劲地摇头。眼前的景象却开始幻化，仿佛彩虹般五彩斑斓地布满整片天空，一直铺到路上。他已经分不清楚这条路的方向了。

他努力让自己清醒，努力让自己坚持。

车里的音乐突显：萨莉不喜欢他爸爸，萨莉不喜欢他朋友，萨莉和强尼看电视，直到剧终。他随着音乐大声地叫喊。依旧用极快的速度开车。他看看手机，依旧没有信号。眼前已经出现了一个绿色的警示牌，告诉人们前方不能直行。然而这一切已经变得模糊不清了。

汽车越来越接近那块牌子。

就在快要逼近的时候，一声急转的声音，他立刻掉转了车头，拐弯，往正确的道路上飞驰。

忽然，手机屏幕上显示了一个来电。他接起电话。

男人：嗨，卡尔！你怎么，听我说。卡尔，听我说，我在去一个叫里切克里丝小镇的途中。你需要打电话找个医院号码。（此时里程表上显示的数字是3.7）我得上那去，因为……我的胃不舒服之类的，我的胃不舒服之类的，卡尔？（电话断了，男人愤怒地放回电话，继续开车，他继续自言自语地说着）是的，卡尔，我在路上，等着人回家去……总之，我坐在那，坐在那，我看到桌上有饭菜，我很饿，我看到了饭菜，真棒，我都吃了。然后，一个小女孩来了，我说"是你做的吗？"她说"噢，不，本来就在那"。

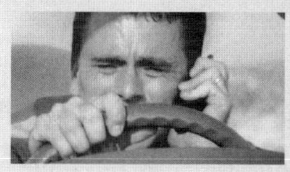
男人开始打电话求助。

他一边自言自语，一边笑了。眼前的景象已经浸透着红色的基调，黄昏的耀眼的阳光还在。忽然，一道亮光刺入他的眼睛，他惊恐地叫了一声，很快又恢复了平静。

男人：该死！该死！

电话再次响起。男人的脸上已经布满汗水。他接起电话。

男人：卡尔！卡尔，你听我说，你得给里切的医院打电话。眩晕、虚脱之类的。喂？（信号再次中断）打电话，里切的医院。（信号中断，男人绝望而气愤地摔手机）他妈的！

路的两边风车在转动。男人的表情中充满了惊恐。他看着这一片风车，转速渐渐缓慢。四周的一切都更加模糊，一切即将停滞。一切都出现重叠的影子。男人的眼神已经不再有刻意显现出的振奋，而是逐渐消沉，甚至透出绝望。他似乎就要无法抑制地昏昏欲睡。他看着风车和蓝天，脸上的表情也逐渐放松了下来。音乐产生出了回声。他看着后视镜里的自己，镜子中一个衰老的面容让他震惊了！

公路中间的虚线开始跳动着金黄色，一辆巨大的货车迎面开来，与他的车错过，他被吓了一跳！他回头看看货车，无助地低下头，痛苦地抽泣。手表上显示着时间：4：07。他仰着头，靠在椅背上，望着天空，喃喃地说着。

男人：上帝，救救我，上帝，救救我。

风车在他的视线中变得模糊起来。

9 公路上 日 外景

　　男人的汽车歪着趴在公路的正中央。一辆皮卡车开过来,在男人的汽车旁停下。

10 男人的敞篷车里 日 外景

　　男人斜靠在椅背上,看着开来的这辆车。

　　男人拿起身边的一个杯子,杯子上印有妻子和女儿的照片。他打开车门,朝着皮卡走去。

11 皮卡车上 日 内景

　　男人拉开皮卡的车门

　　照片上的女儿坐在司机的位置,担忧地看着男人

　　男人：里切有医院吗?

　　女儿：在南中湖。

　　男人：（上车）送我过去。

　　女儿：（紧张地看着男人）好的。

　　男人用无助的表情看着自己心爱的女儿。

12 公路上 日 外景

　　皮卡像一个小房子一样,缓缓地开动,离开男人的车,驶上公路。

　　男人：（蜷缩着靠在椅子上）我的心跳得太快。我听到自己的心跳……你听见了吗?听见了吗?为何我的心跳如此之快?夫人,对不起,我尽力开车了,还有我的女儿。（从男人的视线看出,周围的一切都已经幻化、扭曲,车顶飘过一展美国国旗。接着,一切都模糊不清了。）对不起,我的小女孩。她在送我去医院,我好冷。我尽力了。（他握着杯子,对着杯子上照片里的女孩自言自语）怎么样了?这是一番怎样的景象?她理解我,她在我的脑海里。怎么回事?是她吗?（男人的脸上显出极度痛苦的表情,他挣扎着,脸部的肌肉缩成一团）我做不到了。

13 公路上 日 外景

　　汽车平稳地在公路上行驶。

14　医院里　日　内景

男人躺在手术台上，四周围着医生。

一个医生：他看起来不太好。

男人躺着，已经不能说话。画外音：没什么害怕的，别伤心，别担心。

画面中出现一只大手，做出召唤的手势，画外音继续：足够了！

15　医院病房里　日　内景

男人醒来。

一个完全陌生的女孩坐在对面的椅子上看书。看到男人醒来。

男人翻身，也看到了女孩。

女孩有些吃惊地看着男人。

男人：我在哪儿？

女孩：里切医院。

男人努力地回想着。

女孩：我给你妻子打了电话，她正在来的路上。

男人：（有些不可思议，逐渐显出欣喜的样子）谢谢你，谢谢！你叫什么？

女孩：凯特。

男人：（重复着）凯特。你好，凯特。

凯特：嗨！

男人：你是个好司机。

凯特：（喜极而泣地点头）我刚拿到驾照。

男人笑了，凯特也笑了。病房里充满了温馨的气氛。

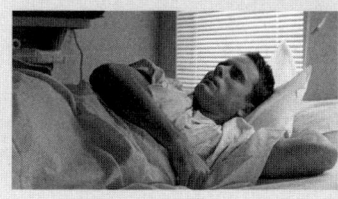

男人苏醒过来，躺在医院的病床上。

上面便是"从电影到剧本"这样一个练习。如你所见,这样的练习无疑锻炼了你对剧本写作方式的把握。在练习的过程中,你一定会发现短片创作的某些规律。例如,选材不能太庞杂。这个故事只有一个男主角和一个没多少戏份的女主角。故事也只是围绕这男人以对家庭的爱为动力抗拒着昏厥把汽车开到一家医院为情节。它的整个结构,也仅有一次起承转合。但是,我们可以看到作者十分娴熟地控制着叙事节奏,整部影片逐渐紧张,凝聚成一个情节高潮,然后迅速地完成下降动作,并以一个温馨的、安静的场面构成了结局。而这个结局与前边令人紧张到嗓子眼儿的情绪形成了强烈的反差和对比。体现出作者制造悬念和紧张气氛,感染和拨动观众情感的良好能力。

 作业

以电影《阳光小美女》(*Little Miss Sunshine*,2006)为例,把其中的爷爷去世一场戏(51分—74分)变成剧本。

(参考答案见附录一)

第二章

认识"一场戏"

练习的目的和意义

有一个小伙子向一个老木匠学做木匠活儿。可他的师傅总让他重复地干一件很枯燥的事儿——在木头上凿眼儿。这小伙子很不理解,认为师傅是不想把真正的技术教给自己。于是便对师傅说:"我爹让我来拜您为师是想让我学精木工的。如果我想学凿榫眼儿,跟谁不是学,还用到您这儿来吗?"他师傅却说:"你连榫眼儿也凿不好,就连粗木工也干不了,还谈得上学什么精木工吗?"

学习写电影剧本的人最好先明白这木工师傅说的道理。要知道,90分钟以上的常规电影实在是一个很复杂的工程。从选材开始,到人物性格构思、人物关系搭建、情节的构思铺排和结构布局,直到对话的创作和造型的设计……所有这一切,都要求一个作者必须是具有很充分的生活和艺术修养准备的人,必须是一个有较大看片量和丰富的电影知识的人,必须是一个有着一定创作经验的人。一个初学电影剧本写作的人,如果从零开始,立刻就投入到大剧本的写作之中,一定就会像一个在浅水坑里还没扑腾几下的游泳者,立刻跳入了波涛汹涌的大海,那结果可想而知。你一定会变得顾此失彼:情节编的有漏洞,人物性格苍白,人物关系纠葛不起来,主线副线不搭界,布局失调,该多说的没说,不该说的用了大量篇幅,作品杂乱无章一点情趣也没有……

我们为什么不从"凿好榫眼儿"开始学呢?什么是学习电影编剧的"榫眼儿"?那就是"电影短片剧本",也就是我们现在说的"微电影剧本"!道理很简单:任何一部90分钟以上的常规电影都是由数个情节桥段构成的,而这些情节桥段往往被业内人士称作是"一场戏",你学会了创作一个"单细胞"的短片剧本,方才有能力写好大电影剧本中的一场戏,也才能有学好大电影剧本的基本条件。正是出于这样的原因，几乎全世界的电影剧作大师和电影剧作教育家都向初学电影编剧的人作出了同样的建议：在学习写大剧本之前，先学会写"一场戏"吧！

苏联老一代电影剧作家和电影教育家格布里洛维奇在电影编剧教学的时候，不是先从大剧本的结构讲起，而是专门讲述《怎样写好一场戏》。他开宗明义地说："常常有这样的情况：一个电影剧本，原来是构思得很有趣的，有设计得很好的人物性格和明确的思想，但是写好后却显得很杂乱，松散而且缺乏业务技巧。这种情况之所以产生，主要是作者完全不了解应该怎样来写作电影剧本中的每一场戏。因而写作剧本中的每一场戏的错误势必影响到整个作品。"①

我国著名的电影剧作家和电影教育家夏衍认为，在真正学习创作一部电影剧本之前，弄清楚什么是 90 分钟以上的大电影剧本中的"一场戏"，是十分必要的。电影最小的单位是镜头，镜头构成了一个场面（在同一时间同一场景里发生的剧情），而由数个场面（更多的时间不会是一个场面，而是多个场面）构成了一个情节桥段，这就是人们称作"一场戏"的东西。而整部影片便由数个（更多的作品往往有五六个左右的桥段）"一场戏"构成的。换句话说，一部影片便是由"五六场戏"构成的。

片名	场次	长度	段落名称
《阳光小美女》	1	22′	奥利芙获得阳光小姐州竞选赛资格。
	2	22′	一家人开着老爷车踏上旅途。
	3	22′	爷爷去世，一家人毅然选择带着爷爷继续前行，坚持比赛。
	4	22′	经过一番周折，奥利芙终于如愿参加了比赛。
《菊次郎的夏天》	1	27′ 39″	正男去找妈妈。
	2	17′	初踏征程。
	3	24′	一路坎坷，正男找到妈妈。
	4	16′	菊次郎哄正男开心。
	5	22′	大家陪伴正男度过难忘的时光。

---

① 《格布里洛维奇选集出版》，载《世界电影》，1985（2）。

片名	场次	长度	段落名称
《克莱默夫妇》	1	11′	乔安娜离去。
	2	41′	克莱默独自抚养孩子,父子之情愈加深厚。
	3	20′	乔安娜突然出现,希望把孩子接走,克莱默坚决反对。
	4	23′55″	克莱默夫妇对簿公堂,孩子终究被判归生母。
	5	8′48″	乔安娜放弃带走孩子。
《末代皇帝》	1	7′	溥仪入狱接受改造,企图自杀。
	2	33′	溥仪的童年生活。
	3	47′	军阀混战年代,溥仪的宫中生活。
	4	18′	溥仪在天津的生活。
	5	30′	伪满洲国的成立以及瓦解。
	6	18′	改造提前结束,溥仪出狱后的生活。
《八月照相馆》	1	12′10″	身患不治之症的郑原经营一家照相馆。他结识了附近负责管理交通违规的女孩多琳。
	2	24′20″	郑原在和多琳的接触中,逐渐爱上了女孩,他隐瞒了自己的病情,也陷入了深深的痛苦之中。
	3	34′	郑原和多琳度过了一段甜蜜的恋爱时光。
	4	20′	郑原病情恶化入院而关闭照相馆,多琳每天去等待他,而郑原也守望着多琳,直到生命结束。

从上面的表格,我们可以得出清晰的结论:每一场戏的长度最长的不会超过五十分钟,大多在十几至三十分钟之间,而这恰好是一部短片的长度!我们如果有能力写好一个二十分钟左右的短片剧本,显然对将来完成

大剧本中的一个个桥段的写作会有极大的好处。至少，这是一个基本功训练的好方式。尤其是在对于"一场戏"在结构布局上的把握方面是很有效果的。

那么，我们是依据什么样的原则来把一个完整的电影情节划分作一个个的"一场戏"的呢？搞明白这个问题，对写好一个与"一场戏"相似的微电影剧本是格外有益处的。

现在，就让我们以日本电影《入殓师》（*Departures*，2008）为例，来讲解一下这个问题。

《入殓师》是一个在选材上十分有个性的影片，人间有三百六十行，其中很多的行当都被电影表现过，但把入殓师这行当当成描写对象的电影还真不多见。提到尸体，人们恐怕避犹不及，在一部影片里展现收尸的详细过程，还能有人乐意看吗？然而这部影片却向我们证明了，电影工作者们有能力把这样的题材变成具有真正美学效果的艺术作品，把入殓活动变成一首温馨感人的小诗。

故事说的是一位名叫小林的青年大提琴师，由于乐团倒闭解散而失业。他从报纸上找到了一份他自以为是旅游导游的职业，后来才发现原来那是送死者去天堂的"导游"——入殓师。一开始他无法接受这份职业，但是通过和师傅一道去为死者入殓，他体验到了一种从未体验过的庄严感情，感受到了这份工作的魅力甚至神圣所在，这些让他重新思考人生。一开始，他背着自己年轻美貌的太太去干这个职业，但是太太还是发现他的真相而离家出走。影片的高潮是，太太发现自己怀有身孕，回到他身边来劝说他放弃这个职业。可就在这个时候，夫妻二人共同的朋友——澡堂老板娘——突然去世了，于是太太有机会目睹了这次动情且庄严的入殓过程，她竟然被深深地打动了，回到了丈夫身边。

我们可以把上述对情节的表述简化为一句话：一个人从厌恶到接受入殓师这个职业的心理过程。而剧本是用了一次次的入殓活动来把他的这个心理过程变化展示给我们的。如果用传统的"三幕剧"的结构分析方式，我们显然可以把这条心理变化线分为"头"、"身"、"尾"三个段落。"头"用来表现小林心理变化线的开端——他对这份工作最初的厌恶之情。

在这个段落里，作品首先交代了他如何失业，如何阴差阳错地找到了这份入殓师的工作，第一次他被师傅用来当尸体模特讲解入殓。"身"用来展现小林对入殓这个职业逐渐发生的内心变化，这个变化不是一蹴而就的，而是有一个渐变过程的，所以它需要通过更多的"一场戏"来完成。这其中就包括这部作品的高潮桥段，在那个桥段里，我们同小林的妻子一道体验到了一种入殓活动对死者（便也是对生命和亲情）的庄严尊重之情。"尾"则交代了这条心理变化线的最后结果——不仅小林喜欢上了这份入殓师的职业，他的太太也对先生的职业有所认同。

由此可见，你分析一部电影作品的结构段落之前，首先要明确的是这部影片向前推进的究竟是怎么样一条情节线。

在《入殓师》这部作品中，剧作推进的情节线便是男主人公对入殓师这份工作的心理变化线（他与太太以及他与那些死者家属之间发生的情感关系变化线是这条情节主线的副线）。只有把握了这条线，你才有可能来划分情节段落。

这部影片情节是这样布局的。

（1）"头"（开端部）

a. 小林失业后，阴差阳错地找到了一份入殓师的工作。

b. 小林被当作尸体模特，折腾了个够。他对这份工作感到极端厌恶。

（2）"身"（发展到高潮部）

c. 小林第一次随着师傅去入殓，他排斥这份工作。

d. 随着几次工作进行，他体会到了这份工作对于死者的尊重以及对家属的宽慰。

e. 澡堂老板娘去世，小林为其入殓，感动了反对他从事这份工作的朋友，也让自己的妻子对这份工作有了改观。

（3）"尾"（结局部）

f. 小林的父亲去世，他细心地为他整理遗容。妻子在一边看着，她发自内心地感受到了丈夫职业的神圣。

在分析完这部影片的整体结构布局之后，我们需要细致地看看它其中的"一场戏"的布局方式。因为这对我们学会把握一个微电影的结构是很重要的。

你会发现，不仅一部影片从整体上来看，它的结构是有着"头"、"身"、"尾"这样的规律。即便是它其中短短的一个桥段里，也同样存在着"头"、"身"、"尾"的布局规律。现在我们来看一下上面我们划分出来的第四个桥段，在这个桥段内部，我们依然可以清晰地看到它在布局上的"头"、"身"、"尾"这样"三幕剧"式的结构。

"头"：小林跟随师傅上班了。他们这次是给一个中年女性入殓。戏的开始，他们比原定的时间来迟，惹得家属大喊大叫，用很不中听的语言辱骂了他们。

"身"：小林和师傅到了死者躺着的房间里。我们可以看到，寂静的空间里，一位美丽的女性安静地躺在中间。小林和师傅开始为她擦拭身体，着装，化妆。一切都进行得如此有条不紊，按部就班。他们的身后，坐着女性的家属，刚刚辱骂他们的中年男人——女人的丈夫，以及她正值青春期的女儿。还有其他的眷属，也都跪在那里，低垂着头，哀伤地看着入殓师的举动。这里，庄严肃穆的行动构成了事情的发展部分，小林跪在师傅的身后，看着师傅精心地为这位女士化上一生中最美丽的妆容。也许在这一刻，他感觉到了自己的这份职业会给逝去的人带来尊严，给死者的家属以莫大的慰藉。女儿哭了，也许是感动，也许是不舍。一切精妙地完成，女人被放入了棺材中。她的丈夫看到棺材里女人的面容，不禁嚎啕大哭。到这里，发展的部分为我们讲述了一个完整的工作过程，并将这个桥段推向了高潮。

"尾"：小林和他的师傅该离开了。女人的丈夫追了上来，他感激地递给他们一个纸包，并且告诉他们，今天是他的太太一生之中最美的时刻。他的态度跟起先相比，截然不同。小林和师傅坐在车上，吃着男主人送来的东西。也许他现在的心境会有所改变，也许他对于自己的职业会有新的体会和感触。当然，这从他们的语言和表情中可以读出。

显然，在这个桥段中贯穿着一个十分清楚的事件：为一位家庭主妇入殓。而在这个入殓的过程中，入殓师与死者家属之间的感情线有了一个明显的变化过程——由对立到尊重；小林对入殓师的工作也有了内心的全新体验和感受。而小林的心理变化线恰恰便是这部电影赖以结构的情节主线。

练习的内容和方法

一个好的编剧是会建立起明确的桥段意识的。他们不仅清楚地知道电影是由数个"一场戏"构成的,而且还清楚每个"一场戏"中的构成规律。充分认识"一场戏"对于学习编剧的人显然是十分重要的。我们这个练习的核心目的就是通过对90分钟以上电影的结构分析来认识什么是"一场戏",并把握住它的结构规律。练习的具体内容如下。

首先,选定一部你喜欢的影片,先将这部作品的"头"、"身"、"尾"这三个部分划分出来。例如日本电影《菊次郎的夏天》(*Kikujiro no natsu*,1999)这部影片的情节所表现的是,一个名叫菊次郎的、几乎没有行为规范的男人在帮助小男孩正男寻找生母的过程中情感关系的变化。在这部作品中,容易直观到的是"找妈妈"行动的过程线,然而这条线不是作者真正作为创作目的来表现的。因此他也没在"找妈妈"行动的曲折上下太大的功夫。作者真正要表现的是正男和菊次郎的情感关系线。作品将这条线分成了"头"、"身"、"尾"三个大的部分。

"头",人物关系的起点——开始上路的时候,菊次郎对女友命令自己去帮助小男孩正男找妈妈很不情愿,而菊次郎显然也不喜欢这个男人。

"身",人物关系的逐步发展——在寻找妈妈的路途中,菊次郎和正男的情感关系逐步地亲近了起来。菊次郎越来越同情这个小男孩,而正男也越来越对菊次郎表现出一种依赖。

"尾",人物关系的终点——两人的感情关系达到难舍难分的程度。

当然,这三个大的情节段落并非就是三个情节桥段。任何一部用"三幕剧"来划分的作品都会是由众多的桥段构成的。

然后,请选择这部作品中的一个情节段落,将这个段落内部的"头"、"身"、"尾"三个部分划分出来。例如《菊次郎的夏天》从第67分钟开始到第87分钟结束的这场戏。这场戏中的贯串动作线用四个字就可以概括下来，那就是"搭顺风车"。

"头"：没有了路费的二人决定在路边搭乘顺风车，但是最初的努力未能成功。

"身"：他们尝试着用各种办法来搭乘顺风车。

"尾"：最终他们如愿以偿。

通过这样的练习，你可以增强对电影情节的段落意识。这对今后的创作显然是有利的。通过这项练习，你也能对一部微电影剧本的"三幕剧"结构规律有所认识。所以，如果有精力，这样的练习是可以反复进行的。

 作业

根据上面表格中列举的样式，自己来划分电影段落。并且写出每一个大的段落的起承转合。

给定题目：《被解救的姜戈》（*Django Unchained*，2012）。

第三章

无对白练习

练习的目的和意义

经过了之前一系列"临摹"的练习，终于到了同学们小试牛刀的时候。这个时候老师会告诉你们："现在是展开想象的时间了，去尽情地展现你们的才华吧！"于是，每一个人都欢呼雀跃，满怀激情地打开电脑，写下自己心目中一直酝酿的东西。

这个时候，你知道容易出现的情况是什么吗？

如果你是老师，而且批改过这一期的作业的话，你一定会发现。在那些交上来的短片剧本里，有很多会是这样的东西：人物姓名＋冒号＋人物对话。也就是说，对话充斥了整个剧本。不了解情况的读者甚至会误以为自己看到的是一篇采访稿件呢！

电影对话确实是重要的。有声电影发展到今天，在一部影片中对话的质量常常决定了这部影片是否能成功。然而，一个初学者必须明白，电影对话是电影剧本创作中十分难掌握和运用的手段。好的电影对话必须是符合人物性格的语言，必须是充满潜台词的语言，必须是符合特定情境的语言，必须是诱导观众更加关注画面信息的语言，必须是帮剧作者交代说明前史和人物内心的创作意图、深藏不露却又能达到创作目的的语言……而所有这些要求都是初学者所不了解和难以掌握的。对于初学者来说，对话好像是最可以信手拿来使用的筷子，你用它吃什么东西都合适。表达人物感情有什么难的？让他说"我恨你"或者"我爱你"就可以了不是？表现故事的前史有什么难的？让某个人物说"你知道吗，她从小就被父亲抛弃了，妈妈又因病去世，是她奶奶把她拉扯大的，所以她的性格才这样奇怪"不就可以了吗？一个人的内心活动有什么难揭示的？让他找个人说出来不就可以了？"我真不知道自己是否还有勇气活下去，我感觉自己马上就要崩溃了，再也无力前行。现在我只想找个没人的地方放声痛哭一场，然后默默地告别这个世界。如果不是因为我还有一个未成年的小妹妹，恐怕我早就走上这条不归路了！"你看看，你看看，这该有多么简单！可是我们要说的是，简单倒是简单了，那电影还能看吗？

画面是电影的生命。在任何一部电影中，对话再多，也会有停歇的时候，画面能停歇吗？画面的造型想象力是一个电影编剧最基本的能力，然而这种能力却是需要培养和训练的。一个初学者过度依赖对话的结果就是耽误了你的画面造型能力的培养和提高。因此，几乎全世界所有的电影院校在培养学生编剧技能的时候，都会把无对白的小品练习放在第一位。也就是，老师们会规定学生们在最初创作的电影剧本中，人物不许开口说话。当然不是让你写一部无声电影，相反，你应该充分利用电影对话以外的所有声音元素，例如音乐和现实生活中的音响。

下面是北京电影学院文学系一年级第一学期"电影剧本写作"课程最初的周计划安排，从这里你一眼便能看到"无对白练习"是放在最前边的。

周次	教学内容
1	入学教育
2–3	军训
4	国庆节长假
5	电影剧本精读（一）
6	电影剧本精读（二）
7	电影剧本精读（三）
8	观摩短片，默写剧本，布置无对白作业
9	讲评无对白作业《两个人的沉默》（一）
10	讲评无对白作业《两个人的沉默》（二）
11	阅读剧本片段，讨论银幕实现
12	对白场景观摩和练习（一）
13	对白场景观摩和练习（二）
14	讲评单一场景对白练习（一）

周次	教学内容
15	讲评单一场景对白练习（二）
16	布置期末作业，进行构思辅导
17	继续对期末作业进行构思辅导
18	进行期末教学总结

下面的这份文件是美国南加州电影学院要求去该学校中读电影硕士学位的学生必须提交的入学作品：

A. A outline for a four-minute film that contains no dialogue. It can be fiction. The story has to be communicated visually.

一个4分钟长的电影的故事大纲，无对话。小说或非小说作品都可，要有画面感。（少于等于1400字）

B. A dialogue scene between two people. Provide a one-paragraph introduction describing the two characters in screenplay format.

双人对话场景，在剧本中提供一段话的人物背景描述。（少于等于2000字）

C. Describe a concept for a feature-length movie, fiction or documentary, which you would like to develop.

描述一部你希望发展下去的长故事片、小说或纪录片。（少于等于1400字）

你可以看到，他们首先要求的依然是无对白作品。

显然，将无对白练习放在最初，这似乎是一个矫枉过正的做法，它"迫使"学生把想象力用在画面造型上，以此来提高他们的电影思维能力。这样不是说对话不重要，而是说把对话的训练稍稍往后放一放，等到同学们对电影造型有了一定的认识，等到他们真正体会到了人物性格塑造的基本门道，这个时候再加强对话的训练一定会更有效果的。

从下面这份学生的练习和老师的指导中，我们便可清楚地看出无对白练习对于初学者的重要性。

这位同学做出了这样一个微电影剧本的构思：有一位正值青春期的女中学生不由自主地被一个在酒吧演奏萨克斯的中年男子吸引。她无法正常上课，每天都要到那家酒吧去，坐在远处痴情地看着台上演奏的那个男人。终于有一次，她再也忍不住，用鲜花和纸条向那男人表白了自己的内心情感。而这段青涩的情感却如昙花一现般转瞬即逝。

下面我们先来看看这位同学的剧本初稿。

剧本	教师点评
1 街道 黄昏 外景 城市的黄昏，一盏盏街灯次第亮起来，大幅广告牌上的霓虹灯闪烁着，让人觉得这个夜晚可能会让人蠢蠢欲动。 小萱骑着一辆自行车从一条街边走过，她穿着一身连衣裙，白色的袜子，白色球鞋，短短的头发齐耳，一张素颜上是一双小小的眼睛，她并不十分漂亮，可是很年轻、单纯，一眼就看出是个学生。 小萱的自行车从街边一家酒吧经过。小萱不由自主放慢了速度，朝落地玻璃里望了望。 隔着落地玻璃的是一排吊椅，绿色的植物中点缀着星星点点的小花，爬满了藤蔓。小萱捏闸，让自行车停了下来，一只脚支撑着地面，伸长了脖子朝里面看着。 她隐约看见一个卷发、戴着黑色墨镜的男人在那里吹萨克斯。 小萱听不见声音，但是，显然，她被这一幅动人的画面深深吸引了。	没必要把事情搞这样大。从她发现酒吧这个环境开始实在是入戏太慢。一个练习要力求简洁，删除不重要的东西，突出最核心的东西。应该直接从酒吧开始。影片开始的时候，这女孩已经成了那里的常客，她已经多次来过了。记住，电影剧本无论时间跨度多长，都必然是生活中截取的一段。微电影就更加是这样的。如果我们能截取最有趣的部分，电影剧本就会变得篇幅充分情趣集中，而不是拉拉杂杂的汤泡饭。
2 女生寝室 日 内景 一群女生端着饭盒，趴在寝室一张桌子上吃饭，一边吃一边说笑着。 只有方小萱不吭一声，低头扒饭吃。 女生甲：小萱，你最近怎么老是闷闷不乐的？ 女生乙：估计还是在为隔壁班那个李航新生气吧，他的行为虽然蛮让人感动，但是未免也太让人震惊了。 女生甲：是哦，站在那么高的楼顶，公开向小萱示爱，把全校的保安都惊动了。 小萱：（猛地站起来）你们还有完没完啊，事情都过去那么久了，有什么好说的。 说完，小萱转身走了出去。寝室的姐妹们面面相觑。	上面这个段落中的对话显然有着过多的说明性，十分不自然。有着利用对话交代说明故事前史的典型毛病。而且这些对话明显地缺少个性，小萱的反应也显得过火和生硬。

剧本	教师点评

3　校门口　日　外景

小萱刚刚下自行车，推着自行车正准备进校门。被李航远叫住。这个男孩二十来岁的样子，阳光、帅气，他看着小萱，脸有一点点红。

李航远：方小萱。

小萱转头，看了他一眼然后继续推着自行车往里走。

男孩跟了上来，与小萱并排走在一起。

李航远：方小萱，今天晚上学校影院有一部新电影，听说蛮不错的，不知道你有没有时间。（李航远掏出一张电影票递到小萱面前。）

小萱满不在乎地看了看李航远手里的电影票。

小萱：对不起，我可没你那么高的艺术修养，对于电影这玩意，我不感兴趣。（自顾推着自行车跑开了。）

男孩看着小萱的背影，深深吐了一口气，脸上弥漫过一丝无奈。

4　学校电影院　夜　内景

一些学生情侣三三两两坐在一起，看着大银幕，不时头碰头说着什么。

李航远一个人坐在中间，他身边空着一个位置。

> 第3、第4这两场戏本身就没什么意思，应该说，这不叫戏，因为其中没有任何对生活的独特发现和独特表现。不过是作者用来对这女孩迷恋上那个萨克斯手一事的过于啰嗦的铺垫。这些铺垫反而占据了你本来想表现的内容的篇幅，喧宾夺主了。

5　酒吧　夜　内景

小萱坐在酒吧内，她有一些局促不安地看看四周的人。人们并没有留意到这个女学生。小萱喝了一口水，尽量让自己平静下来。

侍者：（走过来）小姐您好，请问需要些什么？

小萱抬头看看侍者，然后低头看着面前的酒水牌，指了指。

> 在这一场里，作者显然没注意到环境的情调，只忙着讲故事。电影是一种与环境紧密相关的叙事艺术。一个不能利用环境的剧本就不是好的剧本。要让剧本中的环境

剧本	教师点评
小萱：就这个吧。 侍者：您还需要其他的吗？ 小萱：不用了，谢谢。 侍者走后，小萱从随身携带的包里掏出钱包，放在桌子底下打开，看看了，然后又放心地装进了包里。	成为叙事的不可分割的组成部分，是一种人物心境的外外化。从这一节里我们便不难看出，作者过分依赖对话，却缺少对画面造型的想象力。

6 酒吧 夜 内景

萨克斯手上场了。

他穿了一件很花哨的衬衣，把衬衣扎在了牛仔裤里，长长的卷发扎了起来，他的五官轮廓感很强，有点欧版男人的感觉。

小萱一边喝着咖啡一边看着那个萨克斯手，他吹萨克斯的样子可真让人着迷。

小萱发现杯子里的咖啡剩下不多，她看了看四周，然后把玻璃杯里的水偷偷倒进了咖啡杯里。她端起咖啡杯，轻轻小酌了一口，嘴角露出得意的笑，显然，她为自己的小聪明得意着。

小萱刚放下咖啡杯，抬头，发现那个萨克斯手正一边吹奏着曲子一边看着她。

小萱的脸涨得通红。

7 教室 日 内景

一位老教师在讲台上讲解着什么。

方小萱一直低头拿着铅笔在纸上涂涂画画。

同桌：（把头凑了过来）喂，你在画什么呢？

纸上的轮廓越来越清晰，慢慢出现一个长发男人吹萨克斯的样子。

8 寝室 日 内景

小萱把自己画的那张萨克斯手的画偷偷塞在枕头下。

9 寝室 夜 内景

寝室里的女生都睡着了。

小萱用手在枕头边摸着，她终于摸到一个小手电筒。

小萱打开手电筒，从枕头下取出那张画，看着。

小萱把画放回到枕头下，满意地闭上眼睛，睡过去。

你看，小萱的这个动作——看自己画的萨克斯手——是不是在揭示她的内心方面有些直露了？这种充满

剧本	教师点评
	说明人物内心的细节往往暴露出了作者的写作动机，所以缺少了那种动作的微妙性。

10　街道　日　外景

小萱骑车走在路上。老远看见人群里一个卷发扎起来、穿着花衬衣和牛仔裤的背影。

小萱骑得飞快，赶上了那人。

小萱骑到了那人前面，一边骑，一边回头，却发现，那人并不是那个萨克斯手。

11　酒吧　夜　内景

小萱一只手支撑着脑袋，斜着眼睛看着那个萨克斯手。

萨克斯手站在小舞台中央，吹得十分陶醉。

萨克斯手一边吹一边走到客人们身边，站在客人身边吹着。

他也走到了小萱身边，小萱一直低着头，不敢看他一眼，十分羞涩。

12　街道　夜　外景

街上车流很多，灯光闪烁。小萱骑着自行车，飞快。

她把自行车停在酒吧门口，然后整了整自己的头发和衣服，走了进去。

13　街道　夜　外景

小萱从酒吧里出来，一边开自行车的锁，一边朝里面张望着。

小萱骑着自行车行驶在夜晚的马路上，脸上露出止不住的欣喜。

夜风把她的裙摆吹了起来。

| | 前边都是过程，情节止步不前。篇幅过半，你让观众看到了至少是半个没什么意思的大路货。 |

14　学校操场　日　外景

一群男生在打篮球，其中也有李航远。

方小萱和一个女生从篮球场边经过，篮球落到了她们身边。

方小萱下意识地弯腰去捡篮球。

剧本	教师点评
抬头，看见大汗淋漓的李航远。 李航远：谢谢你，小萱。 小萱生气地看着李航远，把篮球使劲往地上一弹，然后走开了。 旁边的女生一边不住回头看李航远拾篮球，一边捂嘴笑着。	
15　酒吧　夜　内景 萨克斯手在小舞台中央吹萨克斯。 小萱埋头在一张卡片上写着什么，她写好后给了一个侍者，指着萨克斯手对他说了些什么。然后就离开了。	
16　酒吧　夜　内景 萨克斯站在舞台中央吹萨克斯，他的目光不时投射到小萱的身上。 小萱微笑地看着他，脸上一副得意的模样。	
17　街道　夜　外景 小萱推着自行车，萨克斯手和她并排走在一起。夜风不时吹起萨克斯手额前的头发，小萱偷偷转过头看着他。 他们并不说话，只是静静地走着。 路灯把他们的影子拖得老长老长。	
18　校门口　夜　外景 走到了学校门口，小萱：谢谢你。 萨克斯手：（微微一笑）不客气。 小萱：那我就自己进去了。 萨克斯手：好的，再见。 小萱突然把自行车停一边，自己跑了过来，双手背后，看着萨克斯手，很明显，她有一点紧张。 萨克斯手怔怔地看着小萱。 小萱：（像变魔法一样从身后变出一只棒棒糖）这个，送给你的。然后就走开了。 萨克斯手看着手里的棒棒糖，再看看小萱的背影，笑了。	这些爱情过程没有独特的表现，没价值的。

| 剧本 | 教师点评 |

19　酒吧　夜　内景

方小萱像往常一样，坐在那个位子上，静静地看着那个像迷了她魂魄般的萨克斯手。

她注意到他今天的打扮有一点特别，他戴了一顶黑色的帽子，而那帽子上面居然别着一只棒棒糖。那只棒棒糖就是她送给他的。

她看着他，眼睛里闪烁着一丝害羞，一丝窃喜，一丝得意。

20　夜晚的马路　夜　外景

萨克斯手骑着小萱的自行车慢慢行驶在马路上，小萱静静地坐在自行车后座上，十分安静。

萨克斯手故意把车把一歪，自行车险些跌倒，小萱不由伸出双手环住了他的腰。然后，她就那么一直轻轻环绕着他的腰。

自行车在校门口停下来，小萱和萨克斯手相互道别。

校门里的李航远目睹着这一幕。

21　操场　日　外景

小萱和一群女生坐在栏杆上，远处的球场上男孩子们正在打篮球。

小萱若有心事地透过树枝的叶缝，眯着眼睛看太阳，穿着白色短袜的腿搭在栏杆上一晃一晃的。

女生甲：最近学校里有个女生怀孕了，你们知道吗？

女生乙：啊？这么严重啊，估计两人都要被开除的吧。

女生甲：好像那个男的不是学校里的，据说是个酒吧的驻唱。那个女生经常去拿酒吧就认识了，谁知道没认识多久就发生了关系。

女生甲：哎呀，学校外面那些男人都可坏了，最喜欢花言巧语欺骗我们这些小女生了。

小萱回过头来看了看女生甲和乙，想争辩什么，可是，马上又住口了。

这些对话真的是太糟糕了。明显地暴露出了作者通过人物的对话说给小萱听的创作意图。

22　女生宿舍　夜　内景

空荡荡的楼道里就小萱一个人，她似乎有些害怕。

进去的时候，她看见一个女孩蹲在那里，这使得她的

剧本	教师点评

害怕感很快消除了。
那个女孩一直埋着头,手紧紧捂住嘴巴。
小萱起身,临走前还不忘朝那女孩看了看。

23 女生宿舍 日 内景

寝室里一片早起的繁忙景象,大家有的忙穿衣服,有的忙叠被子,有的对着镜子扎头发,有的急着往厕所跑。
女生甲端着个盆子,匆忙跑进来。
女生甲:出事啦,出事啦。
众人:大清早,瞎喊什么啊,出什么事了啊?
女生甲:昨天半夜一个女生在厕所里堕胎,差点出了人命,晕倒在厕所里了,幸亏被人发现得及时啊,否则命就没了。
女生乙:唉,真可怜啊,出了这种事还要自己冒风险承担责任。
小萱:哪个女生啊?
女生甲:不就是上次我们说的那个被酒吧里一个男的弄大肚子的那个。

人物对话真的好像是车轱辘话——来回转。一个学生怀孕的事件显然是作者为了他的主人公小萱人为地安排的,太生硬了。

24 街道 夜 外景

小萱和萨克斯手并肩走在街道上,小萱一直低头不语。
萨克斯手:怎么了?很少见你这么沉默的。
小萱:我们学校一个女生怀了孩子了。
萨克斯手:哦?你的同学吗?
小萱:那个孩子的父亲是在一个酒吧里唱歌的。
萨克斯手:哦。
小萱:(突然抬起头)你是不是觉得我蛮可笑的?主动给你写卡片说想认识你,然后又每天要求你送我回学校。你是不是觉得我很单纯,很幼稚?
萨克斯手:不,我从没这么想过,我只是觉得你很可爱。
小萱:可爱?那你为什么从不问我为什么这么做?
萨克斯手:就算我问了,那又怎样呢?你会怎么回答我呢?
小萱:我,我……

你再次让我们看到了那种国产电影中常见的台词毛病。人人都拿腔拿调的。根本就不是人物的性格语言。台词我们还会专门进行练习的。你现在写台词还早了些。

剧本	教师点评
25 酒吧 夜 内景 萨克斯手如往常一般在那里自我陶醉地吹着萨克斯。 平常小萱坐的位置上没有人。	
26 酒吧 夜 内景 萨克斯手如往常一般在那里自我陶醉地吹着萨克斯。 平常小萱坐的位置上依旧没有人。	为什么第25和26场要分成两段来写?我猜作者是试图表现不同的两个夜晚,是两天的事情。但是在电影中这是根本不可能的。因为两个场景相同,时间又都是晚上,人物也没变化,观众怎么会看出是过了一天?所以这两个场景在观众眼中是在同一段时间内。不会有时间过渡的感觉。
27 酒吧 夜 内景 小萱骑着自行车匆忙赶到酒吧门口,里面的人正三三两两离开。 小萱走了进去,小舞台上空空的,只有那些有心事的人们还在互相倾诉。 小萱茫然地走了出来。她骑着自行车,孤独地行驶在夜晚寂静的马路,路灯把她的影子拖得老长老长。	这第27场其实是含有三个场景的。其一,门口,这是外景。其二,内景。其三,门外,还是外景。所以需要分成三个场景来表述。记住,在电影剧本中场景有了内外变化就必须分场景表述。如果是用一个镜头跟随人物拍摄,你需要在场景名中这样写:"27 酒吧外——内——外"。

在这一稿剧本的最后,老师做出了如下总结:"确实还需要修改。不过有了这个尝试总是好的。因为你会体验到依靠视觉手段还比较困难。你会总想说一些主题,让人不说话是很难的。你的对话比较糟糕,基本上是

书面语言，或者说明性很强的语言。那些都不是好的台词。好的台词应该是情境语言。关键是你的构思还没想好，其实你还不知道要写什么就写了。所有的东西都比较直露地表现你的思想。例如最后那些关于女生堕胎的议论就是。因此你还是有个电影观念的问题。"

为了让这位同学明白老师说的是什么意思，这位老师把这个故事写成了如下一个一句对话也没有的剧本。请看。

你是我的玫瑰	教师阐述
这是一间都市里很典型的小酒吧，幽暗静谧的灯光下弥漫着情调凄美的萨克斯音乐。 一位戴着墨镜的中年乐手在酒吧中央的演奏台上动情地吹奏，唯一的聚光灯正好从他的头顶上将光芒透射在他扎成马尾巴的长头发上，使他的身体勾勒出金色的光环。	剧本描写需要有画面感觉。电影思维的要求有一条就是，编剧需要真正看见他写的对象。在我的脑海里，这个萨克斯手有着颓靡的外表，镜头里他是侧逆光和顶光。因此有些神秘感。
靡靡款款的音乐里，那些约会在这里的人们三三两两地坐在各自的位置上轻声谈话。 一对恋人静静地相互对视着，含情脉脉。 一位欧洲白发先生与一个大学生模样的清纯女孩比比划划地谈论着什么话题，看得出那女孩对老先生挺感兴趣的。 一对中年男女在黑暗中紧紧相拥着，随着伤感的音乐缓缓移动着脚步在跳舞。 镜头扫过上述人们，终于落在一个独自静静地坐在角落中的女孩身上。她的长发披肩，脸型瘦削且苍白，一双多少有些迷离的眼睛就好像梦游症患者那样忘情地看着前方——	这个段落里，我希望能先展现一个环境，渲染一种氛围。在我的想法中，那些顾客是环境的一部分。镜头是分切拍摄的，但因为他们说话声音小或者是景别远，所以听不到他们具体说什么，却能看到各自的表情。而女主角是自然而然地亮相的，刚开始我们甚至不能断定这就是女主角。她似乎只是环境的一部分。不过眼神有些特别。
那灯光下，萨克斯手忘情地吹奏着，轻微摇晃着身体，那满心的忧郁便随着指尖流淌到空气里……	这个镜头是女孩主观视点的反打，因此在我心中它应该是远景镜头。与镜头的距离取决于女孩与演出台之间的距离。

你是我的玫瑰	教师阐述
女孩怔怔地望着他，好像那一刻这个世界上已经没有其他什么人存在了。 服务生托了一杯插着红樱桃和小纸伞的鸡尾酒走到女孩身边，谦恭地弯下身子，那女孩竟然没有发现他。直到他将那酒放在女孩面前的桌子上，女孩才回过神来，对他点头表示谢意。服务生便挂着职业性的微笑客气地退去。	在我心里，这个镜头是一个中景镜头，一开始镜头跟着服务生过来，镜头中出现女孩的位置，然后在同一镜头里完成了上述内容。
女孩再次把眼神移到萨克斯手的身上。 镜头缓缓地推向萨克斯手，推向他的脸——那是一张长着一些凌乱的胡须的脸，高高的鼻梁、轮廓分明的嘴和忘我的表情——	上面这两个镜头是紧密相关的。第二个镜头是女孩的主观镜头，我通常不会写导摄术语诸如"推镜头"之类的。但在这个时候不写就影响我的表达了。镜头缓缓推过去的节奏正好体现了女孩的心理活动——那男人对她的吸引力。因此暗示镜头推成了特写。其实在真正拍摄的时候这里应该是一系列男人脸部特写镜头的叠化，随着音乐的叠化会产生一种酒精状态下的迷离的感觉，效果多少有些像MTV。
女孩缀了口杯中的酒便放下，两手托住两腮，直勾勾地看着乐手，深情陶醉。 服务生回到了吧台，他对吧台里的调酒师说了句什么，又用下巴向女孩这边指了指。 调酒师和他一起看向女孩，俩人暧昧地笑了起来，议论着什么。 女孩对他们毫无觉察，她完全沉醉在音乐中。 萨克斯手摇晃着手中的乐器和自己的腰身，动作显得是那样潇洒。音乐便也随之激动起来。	我希望变化一下节奏，让情节加快。所以利用了音乐。因为后面女生的心情也有了节奏上的变化。

你是我的玫瑰	教师阐述
女孩拿起自己面前的酒喝了一口,她向远处的服务生招手。服务生向她走去。 服务生来到她的面前,依然是谦恭地低下了腰倾听。我们看见她把一枝用透明纸包装着的玫瑰花和一张小小的折叠着的纸条递给了服务生。服务生笑笑,谦恭地弯着腰诺诺而退。 服务生来到演奏台边站定。 乐师的动作越来越激烈。 伴着激昂的音乐,萨克斯手的皮鞋在地板上有节奏地打出节拍。 女孩激动的表情,她早就忘记了杯中物。她关心着服务生和乐师。 乐曲戛然而止。人们鼓掌。 女孩拼命地拍着自己的手,希望那乐手能听到。 乐手很有风度地深深鞠躬,然后就下台去。 女孩观望着—— 她看见服务生把那枝花和纸条递给了乐手,然后笑着在乐手耳边耳语了几句什么。乐手怔了一下,然后便点了点头,对着女孩这边举了举自己手中的杯子—— 女孩显然很激动,她也连忙学着他将自己手中的杯子举了举。 舞台上出现了一个演奏钢琴的青年男子,他开始弹奏。	我依然需要有声源的音乐来烘托气氛。
女孩开始喝自己的鸡尾酒。她突然停下来,惊讶地看着对面—— 那乐师坐在她对面的座位上,正对着她微笑,那笑容充满温情。 女孩笑了,笑得像是在做梦…… 乐师喝了口自己手中的酒。 他们就这样相对默默地微笑着,喝着手中的酒。钢琴很美……	这里给演员充分的表演机会,他们之间的延伸交流是微妙的。最后的镜头在我心目中应该是两人对坐的中景。我希望把这无言的幸福推向高潮,让所有观众都期待着后面的情况,这就是延宕。我加长了这个时间的处理,因为女孩此刻的心理是"让这一刻梦幻般的幸福变成永恒"……

你是我的玫瑰	教师阐述
乐师放下酒杯，慢慢地将手伸向自己的墨镜…… 女孩看着他的手。 乐师的手扶住了墨镜，似乎犹豫着。 女孩看着他。	我认为这里是全剧的高潮，因此需要浓墨重彩。时间在这一瞬几乎凝固了。比人们期待的要慢得多。这是女孩的心理，她多么期待能看到对方深沉的微笑和温和的目光啊，她几乎快窒息了。所以她有了"度日如年"的漫长感觉。而乐师也许不愿意伤害一个做梦的孩子，他多少有些犹豫，但最终他还是选择了——
他笑了一下，就把墨镜摘了下来。天啊！他的一只眼睛竟然是没有眼球的，因此那深陷的右眼是紧紧闭着的！笑容在女孩的脸上僵住，她一动不动地定在了那里。 那乐师笑笑，从容地戴上了墨镜。然后起身，对着女孩深深地鞠了个躬，转身离去了。 演出台上，乐师和钢琴师一起演奏起来，他的音乐还是那样忧伤凄婉。 女孩的座位上，那女孩已经不见了踪影，只留下她没喝完的鸡尾酒在灯光下发出血红色的光……	

在剧本的后面，这位老师做了如下总结：

第一，我不是为了讲故事而叙述过程，我追求的是一种情调下的心理描写。我希望通过视听元素把整个故事讲得像一首小诗。它的基调是凄朦的、梦幻的，甚至有些神经质的。这是一种女孩青春期常有的超越现实的感受。也就是说，我首先利用环境把那种心理感受外化，形成一种 MTV 般的非现实效果。

第二，我很清楚这个小品中情节的起承转合。我追求了结构上的层次感。尤其是高潮部分，我利用音乐节奏的变化和镜头的切换来制造期待和内在的紧张。

　　第三，我希望角色之间的关系更微妙一些。他们尽管没说话，也希望观众能通过他们的表情动作来看到他们的性格。

　　第四，我不愿意在剧本中为导演规定如何拍摄，所以通常我不写导摄术语，但我在电影思维中却是有自己清晰的画面想象的。我能看见拍摄对象的光感、景别（远、全、中、近、特）、机位（仰、俯）、摄法（推、拉、摇、移、升、降）、构图和镜头之间的蒙太奇组接。不过，我常常只是通过文字和断句来暗示这些导摄方案，不但给导演留下二度创作的空间，也让他能推测和感受出我的方案来。

　　第五，现在我要说明为什么选择了学生的这个构思。首先是因为这个构思能不用对白就说明白；再有就是它简单，比较适合练习利用视听元素营造节奏感；还有一个随后就要进行的目的：它比较容易拍摄。你只要找一个允许你拍摄的酒吧和两三个可以充当演员的朋友，再找到一台家用DV 就可以完成了。然后用你自己的电脑进行剪接。如果没有 DV 也无妨，你可以使用数码相机中的录像功能，也可以干脆就拍摄图片照片（类似于连环画的系列单幅照片）。不过可惜的是照片就没了音乐。在北京电影学院，剧作专业的学生是需要参加短片拍摄的。电影学院对这些作业是十分重视的。因为这是教学的重要环节。通过这项教学，我们的学生很快能体验到电影思维的真正意义。不然仅仅是纸上谈兵就效果不好了。

　　上面这个教学的实例能够让我们清楚地看出，初学剧本写作的学生如果不经过无对白练习，往往会过分地依赖人物的对话，而那些对话却常常质量不高。相反，进行无对白的练习，显然对你的电影思维能力的提高是有很多益处的。其实就连一些电影艺术大师也经常会进行无对白剧本的尝试的，例如我们前边举过的那个由德国著名导演文德斯创作的短片《距离托那十二英里》，基本上是没有什么对话的。而日本著名电影编剧、导演新藤兼人先生的《裸岛》甚至连一个字的对话都没有使用，且这并不妨碍这部电影长片具有史诗般的艺术魅力。请看下面对这个剧本开头文字的节选：

《裸岛》节选[①]

1 海岛天空

濑户内海以其明媚风光被誉为世界公园。

美丽的海，点点散着的小岛，白沙和苍翠欲滴的松林。

那么，再仔细地注视一下这个美丽的风景吧。

地一直种到山顶的群山。

美丽如画的梯田。

在那里，赖土地才得以生存的农民，他们的血汗痕迹仍旧是新的。

字幕：

那块土地尽管狭小

人们也得在那里生活

在干旱的土地上

渗透着血和汗

今天依然

耕地一直耕到天

2 黎明

海还在沉睡。

人也在沉睡。

晨雾中传来橹声。

一只小舢板靠近岸边。

船上有一对贫苦农民夫妇，那是千太和阿丰。千太是个三十五六岁、动

[①] 引自新藤兼人：《电影剧本的结构》，第61页，北京：中国电影出版社，1984。

作笨拙的矮胖汉子。

　　阿丰是个二十六七岁脸色微黑肩膀很窄的妇女。

　　船上放着四只木桶。

　　两人各自用扁担挑起木桶走上岸边。

3　大岛上的小河

　　晨雾中传来潺潺的流水声。

　　两人加快步子走近河边，开始往木桶里打水。

　　在默默打水的两人的头上，冰山一般陡峭的梯田的山，仿佛要刺透透明的天空一样，高耸入云。

　　村里已经有人起来干活了。

　　打水的夫妇，朝着走在田间小道的人，恭敬地行个礼，又继续打水。

　　打满了水，两人扛着压弯了的扁担，又急忙顺着来的路往回走。

4　岸边

　　两人气喘吁吁地走来，把装了水的木桶挑到船上。

　　他们小心谨慎地搬运水桶，那水好像宝贝一样贵重。

　　千太把住橹，阿丰解开系在岸边的绳子，伸手推岸边的岩石。

　　缓缓漾开的涟漪。

　　鱼从仍然沉睡的海里，阵阵跃出水面。

5 大海

蔚蓝的大海,轻波缓浪。

岛屿还在晨雾之中,但东方已经亮了。

缓慢而单调地摇着橹的千太粗壮的手臂。

阿丰解下披在腰上的手巾擦汗。

小舢板的前方,有个手掌大小的小岛,隐隐约约显现在眼前。

小舢板朝那个小岛摇去。

晨风飒飒吹着小船和这对贫苦农民夫妇。

忽然光芒四射。

这时太阳刚刚从地平线升起。

大自然转瞬之间复活了。

金光灿烂的海。

波浪起伏。

清晰地浮现出岛影。

阿丰替换千太继续摇橹。

她身上穿着一件满是补丁的贴身衬衫。

下身穿着一条短而紧的内裙。

肩膀很窄的这位妇女,很难想象她哪儿来的这么大的力气,她毫不费力地摇着橹破浪前进。

千太近似半裸体的样子,短脖子、宽大的肩膀,像淋过水似地汗流浃背。

前面的岛逐渐大起来,也逐渐靠近来。

我们可以通过上面节选的这段剧本的文字感受到一种画面造型的节奏感和独特的魅力。文字在表现画面造型方面体现出了作者深厚的功力。而这，也正是我们的同学应该努力学习和掌握的。

无对白短片剧本对题材的选择是有一定要求的。不是任何题材都适合用来创作无对白剧本。在现实生活里，有很多事情是需要人们进行语言交流的。例如：法庭审理案件和谈恋爱。因此，我们必须选择那些不用对话即可表现清楚的题材，而这也是需要你的观察力和智慧的。只有那些沉稳的、内敛的、具有风格味道的、动作性强的题材，才适用于无对白写作。我们在选取素材时，还需要考虑未来电影的造型方案，考虑画面风格，考虑符合人物内心动机的独特行为方式……这一切都是编剧为作品勾勒的蓝图。若在选材时粗心大意，选择了不得不用对话来表现的题材，在创作中就会遇到麻烦了。

以上论述了关于无对白的题材选择问题，下面来看一些适合于无对白写作的构思及剧本：

一位在街边唱歌的青年歌手，租住在一个四合院的一间房子里，每天到街上去唱歌。可是有一天，他回到家里，发现挂历上的摩托女郎竟然成了"海螺姑娘"，为他做家里的一切……

这个构思就具有典型的造型特点：街边的吉他手，四合院，默默无闻的海螺姑娘。并且，吉他手的歌可以作为短片的背景音乐。所以这是适合用无对白来表现的构思。青年在路边卖唱的情景，喧闹的街上弥漫的歌声的味道，构成了影片的氛围，而青年人回到家里的景象，以及海螺姑娘的出现带给他生活的变化，犹如《裸岛》中对于一家人的描写那样，通过环境描写和人物的肢体语言，就足以展现。现在，这个构思已被写成剧本，我们来体会一下其中的意境。

你何时跟我走

1　地铁口　日　外景

　　大街上响彻了一个不太专业的唱着流行歌曲的声音，那是个男声在吉他的伴奏下卖力地唱着《一无所有》：

　　我给你我的追求

　　……

　　你何时跟我走

　　……

　　歌声中，我们看见的是行色匆匆的人们走出地铁口，红男绿女、老老少少，人人都面无表情。

　　长焦镜头俯拍迎面过来的人脸，一张一张，汇成陌生麻木的人流。

　　我们从很低的角度看时，行人们的身体向镜头压过来，又默默无声地流过去。

　　那歌声在努力地唱着。说他是在"唱"，也许不如说他是在"嚎"，因为在这个嘈杂的都市里，他的歌声使人感觉到一种溺水的人在拼命呼救的感觉。

　　歌声中，（仰拍）两个染着几屡黄发、穿着超短裙的妖艳姑娘目不斜视地从镜头前姗姗走过。

　　一位戴着墨镜的青年挎着一个同样戴着墨镜的女青年旁若无人地走过。都市车流……汽车喇叭声、自行车铃声几乎掩盖了那歌声，使那歌声更显得绝望。

　　行人的腿从镜头前纷乱地移过，我们从人腿的缝隙里看到了在街边有个头发长长的青年在弹着吉他，努力地唱着，整个空间里的歌声就是从他那里传出来的。

　　唱歌的男青年的全景。他二十来岁，人很瘦，脸黑黑的，穿了件宽大的T恤和一条膝盖上有洞的牛仔裤。除了吉他以外，他的胸前还用一个铁丝架子安置着一个口琴，在他唱歌的间隙里，他不时地低下头凑到口琴上吹出一些古怪的音符。他的身边是一个接钱用的帽子，帽口朝上，但没什么人向里边扔钱。

　　在他旁边不远的地方有个盲乞丐盘坐在地上讨钱。

　　很少有人在他的身边停步，大多数人只是侧目看他一眼就匆匆而过。他身后走过的一个挎篮子的妇女甚至喊："老玉米——新出锅的老玉米！"

　　一对情侣在他面前停住。

　　那女青年不知道是害怕什么，脸上的表情有些异样。

　　女青年：他不是残疾人吧？

男青年：（不以为然地瞥了女伴一眼）切——！人家这是艺术，懂不懂？他天天在这儿唱！少见多怪，人家巴黎这样的街头艺术家海了去了！

那男青年卖力地唱着，长发随着头的颠动上下跳着。

女青年：我看这人有病！

她拉着男朋友走去。

一位推着孙子的老太太从歌手面前经过，向帽子里扔了一点硬币。

一位妈妈让自己的小女儿向帽子里扔了点钱，拉着女儿离开。

男青年继续唱着……

天上的太阳自画左向画右三步并作两步跳去。

男青年收起了自己的家伙什儿，开路。

他从盲人面前经过以后，又停下身，转回来，在盲人的铁皮罐罐里丢了些钱便继续走去。

盲人没什么反应，好像根本不知道。

2　胡同　傍晚　外景

歌声继续。浑圆的太阳落在高大的塔楼之间。

歌声渐隐，为自行车铃声代替。一条狭窄的小胡同里，歌手背着吉他骑着自行车走来，在镜头前转了个弯，钻进了另一条胡同。

在一个小院的铁门前他下了车，将车推入门内。

一位中年妇女在院子里洗菜，见他进来，招呼——

中年妇女：回来啦？

歌手：回来啦。您洗菜呐？

他寒暄着，在中年妇女面前停下。

歌手：给您这个月的房钱。

中年妇女：不急不急。（却连忙甩干手接了过去）

歌手走向院里。

歌手在一个低矮的小屋子面前停下，将自行车锁上，然后打开门上的铁锁头，走进屋去。

3　歌手屋内　傍晚　内景

屋内很昏暗，这是一个典型的光棍儿之家——东西十分零乱，床上被子没叠，桌上饭碗没洗，地上胡乱摆放着东西……

歌手将吉他放下，走到桌边，从盘子里拿起块剩馒头，闻了闻，随手扔在墙角。

他一脚踢开地上盛着脏衣服的脸盆，疲惫地倒在了床上。

昏暗中，他仰躺着……

轻轻的吉他声……

4　地铁口　日　外景

吉他声渐强，还是那支《一无所有》，又响起歌手沙哑的歌声……

歌声里，俯拍北京的小胡同和低矮的民房……

歌手的两手抓起了吉他。

歌手的两手锁上了屋门。

歌手的脚蹬着自行车。

歌手背着吉他在摊鸡蛋煎饼的三轮车前等着煎饼。

匆匆而过的人腿……歌声渐强，歌手在老地方使劲地唱着。

太阳很夸张地随着歌声的节奏在天空从画左跳向画右。

歌手面前空无一人，他的声音已经疲惫。

一支盲人的竹杖点着地面入画，在歌手面前停住。

歌手诧异地抬头看，但没停下自己的歌声。

（仰拍）是那个讨钱的盲人。他的表情好像永远在神秘地笑。

盲人：唱得挺好！

盲人从袖子里拿出一卷东西放在歌手面前，转身敲着地面走了。

歌手不由地停止了演唱，诧异地拿起那卷东西，展开来看——

是一本挂历！上面是一个很酷的骑摩托车的时髦女郎！

歌手惊讶地抬头看向那盲人。

茫茫人海之中已经不见了那个盲人！

歌手再看手中的挂历——

女郎的特写，她很性感地跨在摩托车上微笑着……

5　歌手屋内　晨　内景

摩托女郎的画像特写，她微笑着。镜头拉开，我们发现她已经被挂在了墙上。镜头摇出歌手，他正在急匆匆地从一堆脏衣服中翻找着尚没有脏透的衣服套在身上。

摩托女郎的特写，她好像微笑着看着他的邋遢行为。

歌手拿起自己的乐器，又将盘子里剩下的半个油饼填到嘴里。

墙上，摩托女郎在看着他。

他走出门。

6　屋外　晨　外景

歌手用一把很大的锁将房门锁住。大锁的特写。

7　地铁口　日　外景

歌手帽子的特写，里边只有几张小小的毛票。

歌手的手激烈地拨动着琴弦。

歌手的嘴的特写，他奋力地唱着。

歌手的全景，他在唱歌，和过去一样卖力气。镜头摇向一边，往日乞丐的地方空着。

一个年轻母亲领着一个三岁的孩子走过，站下脚来听。那小孩跑到歌手的帽子前蹲下来。

母亲：彤彤！快来！听见没有！

小孩子伸手从帽子里拿钱。妈妈将他一把抓住，在小手上打了一下。

母亲：你这孩子，怎么这么淘呀！

母亲抱着孩子走开，孩子在她怀里哭着。

歌手看着她们母子离去，唱着。镜头推向歌手的眼睛，刚才的一幕好像使他想到了些什么……

在歌手眼睛的特写上叠化出——（歌手的歌声一直不断）

一个女人的后脑勺，她转过头来，对着镜头直视着我们。她是歌手的母亲，山风吹动了她的头发……镜头拉开，她向镜头挥手告别，后景是山道。她擦泪……

歌手和他的老父亲沿着崎岖的山路走去。父亲背着歌手的行李，不耐烦地向母亲示意，让她回去，不用再送了。歌手恋恋不舍地回头看着母亲的方向……

镜头回到歌手的眼睛。镜头拉开，他唱得更加疯狂！

太阳又以三级跳的方式从画左到画右。

8 胡同——歌手住所　傍晚　外景

歌手骑着自行车回家。

歌手走进院子。

歌手开门。

特写——他的手用钥匙开锁。

9 歌手家　时间同上　内景

屋里很黑，歌手放下乐器，拉开电灯，他愣住——

在他的眼前，屋子变得井井有条，镜头摇过屋子的全景。

歌手吃惊的神情。他突然跑到屋外。

10 歌手屋外——屋内　时间同上　内景

歌手看他的门和挂在上面的锁，他迷惑了。他又到紧紧地关闭着的窗前看了看，那窗依然关闭得很紧。

女房东来到院子里倒土，歌手迎上前询问。

镜头从屋内拍摄屋外——门开着一条缝，镜头像某个人的眼睛在悄悄地逼近门缝，从那里向外窥测，远远地可以看到歌手在同女房东讲话。我们虽然听不到他问什么，却看得出他是在问屋子是谁收拾的。女房东摇了摇头。

11　歌手屋内　夜景　内景

　　歌手抱着吉他躺在整整齐齐的床上望着顶棚发呆……琴声响了，开始很轻，渐渐加重。

12　地铁口　次日　外景

　　歌手在唱歌，像往常一样，但他的表情有点迷惑。

　　太阳又像三级跳一样从画左到画右。

13　胡同——歌手家门前　傍晚　外景

　　歌声激烈起来——

　　歌手飞快地骑车回家。

　　歌手冲进院门。

　　歌手来到门前，停下。歌声戛然而止。

　　门上大锁头的特写，它紧紧地锁着。

　　歌手上前开门。

14　歌手屋内　时间同上　内景

　　歌手进门，又一次吃惊——

　　在他的面前，那桌子上放着热气腾腾的饭菜！

　　他一屁股坐在了门前的地上。

　　镜头从饭菜摇上，热蒸汽里，我们看见了那挂历上的摩托女郎在朝他笑。

15　歌手门前　次日晨　外景

　　歌手出门，他很仔细地将门锁好。又推了推窗子，那里关得很严。

　　歌手走去。

16　胡同　时间同上　外景

　　歌手骑车走来，经过镜头，走去……

　　歌手脸的特写，他骑在车上……

　　歌手手部的特写，扶着车把的手突然将车闸捏住。

　　歌手思考的脸，他猛地调头，向回骑去！

17 院子——歌手家门 时间同上 外景

歌手推车走进院子，他迟疑了一下，将自行车悄悄地放在一边，尽可能不发出声响……

院子很静，只有知了的叫声鼓噪着……

歌手颠起脚尖，蹑手蹑脚地向自己的屋门走去。（这时定音鼓模仿出的心跳声渐渐响起来）

他在门外站定，想开锁，却又停住，收回手，走向窗边向里偷偷地看。

镜头摇过窗子里边的景象，没什么变化。但当镜头摇到挂着挂历的那面墙的时候，我们却发现，挂历上只剩下那辆摩托车，女郎却不见了！（这时定音鼓也激烈到了顶点）

歌手目瞪口呆的表情！

他急忙开门上的锁！

18 歌手屋内 时间同上 内景

歌手冲进门来，一下子定住（鼓声骤停）——

在他面前，那个摩托女郎正在为他洗衣服，她的身上穿着他宽大的衣服，见他突然闯进来，女郎也愣住了。

歌手的脸，迷惑、惊讶……

女郎的中景，她开始不好意思，用手撂了下垂落下来的头发，头发上留下了白白的肥皂泡沫。她看了眼墙上的挂历。

挂历上只有摩托车。

女郎粲然一笑。

歌手也笑了。

他们就那样幸福地对视站着……

琴声、歌声：我一无所有……我给我我的追求……你何时跟我走……

19 塔楼 日 外景

歌声渐响。

在塔楼方向，太阳又重复了三级跳式的移动。

> 歌声突然中断，出现了新生婴儿的啼哭声，歌声突然又接着唱了起来。
>
> 歌声中，我们又看到了最初的都市景象——
>
> 人流涌来。
>
> 染着头发的时髦女郎走过。
>
> 情侣相依着走过。
>
> 人流涌动的街头……

需要强调一点，剧本中有少量的台词作为背景以及场景的必要交代，并不影响电影思维的发挥。在无对白训练中，并不是绝对的一句台词都不允许出现，少量的台词在剧本中是合理的。

再看一个例子。这则故事是围绕着煤矿冒顶这一事件讲述的。矿难后，抢救人员从事故现场抬出一具具尸体。在横七竖八躺着的尸体中，一具忽然坐了起来。他跑回家里，怀孕的妻子已经做好了热气腾腾的饭菜，幸福和睦的一家，令人羡慕。然而就在这个清晨，妻子还在睡梦中，家门被敲响，抬回了男人的尸体。妻子手中给未出世孩子缝制的衣服飘落到地上……这个故事从头到尾不需要一句对白，只通过画面就足以表现。

下面来看剧本：

1　矿区　傍晚　外景

　　淅淅沥沥的小雨伴随着尖锐的警示器的鸣咽，警察、记者、家属、官员交互奔跑，嘶喊，每个人的声音都沙哑不堪。坑口挤满了人，一具具尸体伴随着巨大的嚎哭声被担架运了出来。镜头转到大约50尺外，"禁止入内"的红色警戒线里面，一排用白布盖着的尸体中，一个人坐了起来。

　　拿下身上的白布，这名30多岁的男人困惑地看了看四周，不远处烧冥纸的火光忽明忽暗地映在他流满血迹和汗迹的脸上。几秒钟后，他的神情转为急切的焦虑，他站起身钻出警戒线，头也不回地拔腿向远方跑去。

2 矿区到村庄的路上　傍晚　外景

男人一路奔跑着，黄昏的余韵打在他黝黑的脸上，秋风从他耳边呼啸而过，带远了后面悲戚的阵阵嚎哭声。他的背影越来越小，前方远处村庄炊烟徐徐升起。

3 屋外门前　傍晚　外景

男人气喘吁吁站在门前，拍打着门。几秒钟后，门先是打开一条缝，随后，一个20多岁女人的脸渐渐探了出来。女人的表情由紧张转为惊喜，双手一把抱住男人的一只手拉他进屋。男人兴奋地顺势一只手搂住女人，另一只手抚摸着她隆起的肚子。女人娇笑着低头看看男人的手，转而抬头望向他，二人相拥着进屋，门随即关上。

4 屋内　晚上　内景

屋内的设施简陋而干净，大约只有20平米的空间，旁边炉灶在滋滋冒着热气，低瓦数的灯泡赤裸裸地吊挂在屋顶，散发出昏暗柔和的光亮。男人坐在餐桌旁，大口大口地捧着一个大碗吃着面条。他已经换上了一身干净的背心、短裤，满脸的汗迹和血迹也已经清洗干净，粗犷的五官诠释着贪婪的满足。女人从炉灶那边双手端来了一盘热气腾腾的菜，笑盈盈地放到桌子上挺着肚子看着他。男人放下碗筷，把拉她到身边，将脸一侧轻轻贴靠在女人隆起的肚子上，闭上眼睛，长呼了一口气，一脸幸福的满足。女人有些娇羞地微笑着，双手环住他的脖子，轻轻拨弄着他的头发。

5 屋外　晚上　外景

从屋外的角度，男人女人的影子清晰地浮现在昏黄的窗子上。女人半躺在男人怀里被男人环抱着，举起了一件婴儿大小的衣服，仰起头看了看男人。男人抬起一只手捏了捏衣角，然后摸了摸女人的脸颊，低头亲吻她。随后，男人转过身按下了电灯的开关，屋子一片黑暗。田间的虫子在黑夜中发出热闹的叫声。

6 矿区　晚上　外景

矿区已不像之前那么嘈杂，雨停了些，燃烧的冥纸随风翻飞，嚎哭声已经转为悲戚的呜咽。在"禁止入内"的警戒线内的一排尸体前，一群人一个一个地掀开白布用手电照着死者的脸。镜头推向其中的一具尸体，男人满是汗迹和血迹的面孔已变得乌青，在手电光亮下越发惨烈。

7　屋外门前　第二日上午　外景

　　一只手在拍打着屋门。

8　屋内　第二日上午　内景

　　女人挺着肚子靠在床上一针一针地缝着婴儿的小衣服，猛烈的敲门声响起。她愣了一下，犹犹豫豫地下床走到门前，先是轻轻打开一条门缝。随后门打开了，从女人背后的角度向门外看去，几个戴墨镜的男人抬着一个盖着白布的担架，风瑟瑟地吹动着白布，女人手中的小衣服滑落到了地上。

　　这则影片里，没有哀怨，没有哭泣，没有争吵，没有痛斥，这样的幸福的画面，矿难的画面，怀孕的女人，这些画面，足以让观众看到一个家庭的悲剧，让人感受到画面背后隐藏的痛彻心扉。在这样的情境之下，语言已经不足以表达的悲剧场面，通过画面却能深深地震撼人们的心灵。有些题材，写成无对白的形式，能更加突出地渲染那种意境，突出画面带给人的强烈的心灵冲击，达到无声胜有声的效果。在没有对话的情况下，造型因素更加突显，给人视觉上的冲击也更加强烈。这样看来，类似有着突出造型特点的、通过画面能够表达影片思想情感的题材，适合于用无对白的形式来表达。

　　类似的构思还可以再举出一些例子。比如，一个在公园拾荒的老人，提着一个麻袋，捡空饮料瓶卖钱。他看到一个女孩手里拿着半瓶饮料，就寻思着等女孩喝完饮料就把瓶子捡来。于是，他跟着女孩。过了很久，女孩那瓶饮料始终没有喝完。老头很是着急。但是他还是耐着性子等着女孩。结果，一辆豪华轿车停在女孩面前，女孩的男朋友过来接她了。女孩拿着剩下的半瓶矿泉水，上了汽车。汽车开走了，老头的等待落空。这个构思似乎情节过于简单，但是对于一个初学电影创作的人说来，简单的练习才是适当的。何况，这个构思包含着对一个老人生活状态的深深的人文关怀呢。如果我们能够通过镜头语言,将老人那种令人同情的心态表现出来,不是一次很好的练习吗?

 作业

  1.根据上面讲述的练习方法,把老人捡饮料瓶子的构思变成无对白剧本。注意运用电影思维。

  2.自己创造一个无对白剧本。(从构思到选材,均由自己独立完成)

第四章
对话练习

练习的目的和意义

在无对白练习的那个章节里，我们已经讲到了对话写作的困难。说来，对话中的毛病一直是国产电影创作的症结。就画面造型的想象力而言，我们的编导其实是真的很有些想象力和创造力的。然而这些影片视觉造型给观众留下的好印象，往往被糟糕的台词给破坏了。那些影片中，人物似乎连人话都不会说了，说出来的话就好像是在背书。观众甚至根本就不相信那句话会是那个角色能说出来的。在电影院里，我们经常会看到人们在听到一句蹩脚的台词后发出喝倒彩的声音。我们似乎都有过这样的观影经验：本来我们已经被电影的画面吸引到了电影的情境之中。可是突然影片中的某个人物说出了一句特别糟糕的台词，我们立刻就会从对电影的情境信任中跳了出来。而这种对电影情境的信任此后会半天也建立不起来了。难怪有编剧感叹说："一句糟糕的台词就好像掉进汤锅里的一粒老鼠屎，它能把整个一锅汤都给毁了！"

盲目地回避对话写作是绝对不可以的，回避的结果便是更加糟糕。在今天，没有哪个编剧敢轻视台词写作。对话不仅构成了我们现代人生活中最重要的部分，也是电影剧本中最重要的成分。在今天的多数电影剧本中，用来写对话的文字几乎都比用来写情景和动作的文字多。一个拥有着精彩对话的剧本，常常会获得观众的喜爱。那些幽默机智或耐人寻味的台词，不仅变成了这部作品的华彩乐章，而且会被很多观众传诵下去，成为我们生活的一部分。一个不会写对话的编剧绝对不是一个好编剧。对话往往是一个编剧水平的试金石，它是最容易暴露编剧水平的东西。有经验的人只要把一个电影剧本翻看两三页，便能从该剧本的对话描写中看出这个编剧究竟是一个写作的老手还是一个菜鸟。何况，对话也是塑造人物性格和揭示人物内心最重要的武器。在现实生活里，也许一个人在大路上走一两个小时，你也看不出他的性格来。可只要他在饭桌上说两句话，他的气质、修养等各个方面的性格信息便难免会暴露出来。因此，对话写作的训练从来都是编剧教学中的重要内容，短片剧本虽然篇幅短，可是对于对话质量的要求却不能降低。这也就是我们现在要把对话作为一个单独的练习放在这里的原因。

练习内容和方法

在这个练习中，我们要重点训练的便是人物对话。具体的做法是：请您选择两个特定的人物和一个特定的情境，让这两个人物在这个情境中进行一段对话。

我们举几个这样的创意的例子。

创意一：一个家庭主妇发现自己的丈夫有外遇，但她没有声张。她希望用自己的努力来维护这个家庭。这天，她为丈夫和小女儿做了一桌好吃的饭菜。在饭桌上，她和丈夫说了很多的话……

创意二：在一个家庭聚会上，一个一生混得不如意的中年男子喝得有些高了，他喋喋不休地对着自己的家人诉说着自己这一生最引以为豪的那些往事。

创意三：一个街边的小电话亭，不时有人来这里打电话。写三个不同的打电话的人对着电话说出的话语。

创意四：面试。这里是某家销售婴儿护肤用品的公司在对前来应聘的职员进行的面试活动。性格迥异的应聘者面对我们的镜头回答着各种问题，展现着自己的性格。

为什么会选择这样的情境和人物来写这样的练习？其实你稍加思索便会看出它们的共同特点来：首先，这些创意中的情节都是必须运用很多的对话才能完成的。第二，说这些话的人都有着各自的性格特征。例如创意一中的那个家庭主妇，结合给定情境，在人物的构思中，将其设定为快人快语的人，她表面上那么快乐、知足，内心却充满了忧伤，显然是一个性格的外部特征和内心反差很大的人。这样的对话不仅会有生动的人物性格表现，而且会使对话变得"话外有音"，也就是富有"潜台词"。

创意二中的那个中年男人的性格也是很有趣的。平日里，他应该是一个比较自卑和拘谨的人，胆小老实，甚至有些窝囊。可实际上在他的心中却长期压抑着一种对自己人生的不满。他不是述说自己此生的不如意，相反，他在不断地把自己这辈子那些可怜的"成就"倒给自己的老姐姐。这就使他的内心活动通过更加有趣的"潜台词"表现了出来。这段对话，不仅会体现出他独特的性格，也会让我们了解一个人的人生经历。

创意三中所设置的情境一定会对剧作者平日对不同人物性格的观察提出要求，你必须对这三个人物的性格进行不同的设计，让他们的对话体现出他们不同的人生经历、教养、气质、语言特点、思维习惯等诸多方面的特点来。当然，这些对话必须是饶有趣味的，能够在我们观众的心里激起某种情感反应的，有些甚至是出乎我们意料的。显然，这个练习将给你一个尝试写不同性格的人说出不同语言的机会。所以这样的练习真正是对剧作者的考验。

创意四与创意三多少有些相似之处，不过这个创意中的人物应该更加有一种即兴的临场的表现力，所以他们的性格也就有了更加鲜活的揭示途径。通过他们在现场对自己的介绍和对面试考官的应对，观众能获得很有趣的性格信息，能够看到当今社会中人们典型的生存状况和心理特征。不同人说不同话，通过这些话让我们看出应聘者很多的有些甚至是十分隐秘的性格信息，这当然是这个创意的特色所在，当然，这也是对剧作者的一次挑战。

为了让同学们对上述建议理解得更清楚，我们在这里把创意一写成了一个对话练习的剧本供大家参考：

剧本	分析
1　林子航家　晚上　内景 江丽围着围裙兴高采烈地提着个鱼尾巴从厨房里出来。 江丽：孩儿他爹！你看这鱼有多新鲜！你不是说最爱吃黄花鱼吗？今儿咱们吃红烧的吧！ 林子航：好啊。 彤彤从里屋探出头来，开心地笑。 彤彤：妈妈，我最爱吃你做的红烧鱼了！ 江丽：是吧，乖女儿！一会儿你多吃点儿！	剧本从一个很生活化的场面开篇，从表面上看，这是一个充满幸福感的家庭，这一切都是通过人物的动作"做饭"体现出来的。只是彤彤和妈妈的对话隐约给观众一种夸张的感觉。也许这个时

剧本	分析
江丽唱着快乐的歌儿进了厨房。	候人物这种不自然的情感还不那么令人看得清楚,但也为后面的人物内心揭示做出了铺垫。 "要想甜,加点盐。"剧作者在这里有意地将场面气氛搞得很欢快,为结尾时人物情感的反差做出了反衬。
2 林子航家厨房 晚上 内景 江丽开心地唱着歌儿,将鱼下到了油锅里,那鱼立刻发出"吱啦"的油炸声。 江丽:(对外边大声地说)子航,星期天咱们带彤彤到游乐园去吧,听说那儿新安了个好高好高的翻滚过山车,能把人吓死!	依然在表现人物情绪表面做作的欢乐,我们渐渐地从她的话语中感觉到了一种目前还说不出的东西。
3 客厅里 晚上 内景 林子航显然情绪不太高涨,好像有心事似的。 林子航:好啊。 还是彤彤拿着写作业的笔蹿了出来响应妈妈。 彤彤:好啊!我们要去游乐园喽!(跑到厨房门口)妈妈,妈妈,你知道吗?我们班乐乐坐翻滚过山车吓得都尿裤子了! 林子航:林小彤,还不快做作业去! 彤彤连忙缩了回去。 江丽走了过来,手里拿着一瓶红葡萄酒。 江丽:子航,来,把这个打开。 林子航接过酒瓶,用开瓶器开瓶子。 江丽:今天咱们喝一点吧。看报纸上说,喝干红可以软化血管,有利于降血脂。啊!真好啊!我一直在想,我的命还算不错的。我的一个姐们儿,都四十大几了,还没找到老公。和她一比,我简直就是在天堂里了。我有老公,还有乖女儿,花钱也不发愁,一个孤儿能活到这份儿上,我应该知足才对啊。为什么不高兴呢?应该开开心心地过好每一天呀! 江丽说完就又唱着歌儿到厨房去了。 留下林子航一个人,在那里沉默着,琢磨着刚才江丽的话。	对比是电影剧本常用的手法。在这里,丈夫的平淡情绪与母女二人多少有些故作出来的"开心"情绪形成了对比。令观众感受到了一丝隐隐的不安。 在这场戏江丽最后的那段话里,我们已经能够感受到她话外有音。这些话语多少有些旁敲侧击的味道,分明是说给她丈夫听的。

剧本	分析

4　厨房　夜晚　内景

江丽在厨房里麻利地炒菜，嘴里唱着歌儿。可是她唱着唱着眼泪便掉了下来，唱不下去了。她捂住嘴，无声地抽泣着，听到外边有动静，连忙擦干眼泪。

林子航进来了，注视着江丽。

江丽：辣椒油可真辣眼睛啊！快，把这端走！

她把一盘菜从锅中盛到盘子里。

林子航把菜端了出去。

江丽连忙用围裙擦干眼泪，在胸前作出个鼓励自己战斗的拳头，然后开心地大叫着——

江丽：彤彤！开饭啦！看看是妈妈做的好，还是爸爸饭馆里的好吃？

江丽像个真正的战士一般冲出了厨房！

到这里，我们已经十分清楚地看出女主角努力隐藏着的真实情感，甚至能感受到她之所以这样做的内心动机。

5　客厅　夜晚　内景

桌上摆满了江丽做好的饭菜。

江丽为林子航和自己面前的酒杯斟酒。

彤彤：妈妈我也想喝一点儿。

林子航：别胡闹，小孩子喝什么酒。

彤彤不敢说话了。

江丽：就喝一小口吧。三个人热闹一下。

江丽也给彤彤倒上了一点。

江丽：（开心地大叫）来啊！为咱们幸福的生活！为了我老公和我的买卖兴隆！咱们干杯！

江丽说完，一口就干了下去。

彤彤估计从来没看到过妈妈这样喝酒，有些吃惊。

林子航吃惊地看着她，只把酒杯放到嘴边抿了一小口。

江丽又为自己斟上。

林子航：喝干红讲究一点一点地喝，不能一口干了。

江丽：是这样吗？

江丽翘起兰花指，轻轻地喝了一点，动作很是夸张。

江丽：来啊，彤彤你不是说最喜欢吃妈妈作的黄花鱼吗？

彤彤：（挺夸张地）是啊。妈妈做的黄花鱼是世界上最好吃的鱼了。是不是，爸爸？

林子航：是啊。

这场戏让我们看到了人物情感中更多的隐秘。表面上看，彤彤是那样没心没肺吵吵闹闹，但实际上这孩子分明已经感受到了父母之间的情感危机，她是在用自己可怜的方式来维护着这个家庭的感情。

这时，江丽表面上欢乐的话语与她把酒一口干掉的视觉动作形成了更加强烈的冲突，这时候视觉画面和人物语言之间会形成一种协作的关系，观众必须同时关注来自声音和画面的不同信息，它们综合起来才构成了完整的表义。

剧本	分析
彤彤：（举起自己的酒杯）我还没祝点什么呢。 彤彤：我啊，我祝爸爸妈妈快快乐乐的，白头偕老！我们一家人永远幸福。 江丽和林子航相互看了一眼。 江丽举起了酒杯看着女儿，心情很是复杂。 江丽：谢谢宝贝！ 江丽和林子航都和彤彤碰了一下杯子。 江丽又将自己杯中的酒一饮而尽。 彤彤有些紧张，看看自己的父亲。	彤彤的这句话显然流露出孩子对父母情感危机的觉察，所以江丽听了心中真是五味杂陈，她虽然只说出"谢谢宝贝"这四个字，然而这四个字的后面却是一种难以抑制的悲伤。对话中包含着的"未尽之言"是潜台词十分重要的一种存在形式。"未尽之言"的含量越多，对话便越耐人寻味。
林子航：吃啊！很久没在自己家正规地吃一顿饭了。还是你的菜顺口啊。 江丽：那就多吃一点儿。 林子航不再说话，机械地吃着眼前的饭菜。 江丽偷看自己的丈夫，发现他多少有些人在心不在的样子，好像是在惦记或者在想着什么，气氛还是有些沉闷。 江丽：今天我小店里来了两个跟彤彤差不多大的孩子，估计也就是初一的学生吧。好嘛，一对小情侣。好像是女孩的生日吧，那男孩就想给女孩买个小礼物。 江丽说话的时候，彤彤在听着偷偷地笑。可是林子航却心不在焉，好像根本没听进去，他拿起酒杯来自己啜了一口，继续机械地吃饭。 江丽：他看上了那对接吻的小瓷人儿，那才多少钱啊。可是那小男生就硬是掏不出来。 林子航显然是没听见，两眼发直。 彤彤：缺多少钱啊？ 江丽：缺三块。 彤彤：嗨，那你还不给人家？ 江丽：是啊。我就给他了。可是他倒不干了。非要自己买。最后你猜怎么着？把他手上的电子表摘下来给我了。 彤彤：是嘛！有骨气！长得好看嘛？	林子航的这句话不仅流露出他对情感的掩饰，也多少包含着对妻子的某种愧疚。 好的对话，台词的后面应该藏着人物潜意识中的深层动机。 江丽这时说起一对学生来店里买东西的事情。从表面上看，这事情好像是她随口说出的，但实际上此刻她说这个的动机显然是为了调节一下饭桌上变得紧张的空气。这段本来听上去挺快乐的话语，在最终的地方突然出现了情绪上极大的转换——

剧本	分析
江丽：彤彤！我可警告你啊，不许你在这方面胡来啊！ 彤彤：人家就是开玩笑嘛，你怎么老这么紧张啊？ 江丽：不是我紧张。女人啊，一步走出去，就什么都不一样了…… 林子航在那里发呆。 江丽：子航，你吃啊。 林子航：（醒过来）啊？你说什么？好吃吗？好吃！真好吃！ 江丽都快哭了。 江丽：谢谢……	江丽的这句话很重，它充满了幽怨。这既是旁敲侧击地说给丈夫听的，也是对自己命运的哀叹。 这两句对话格外简练，然而流露出人物内心情感的信息却分外地丰富复杂。让我们充分地感受到了两个人关系中那种无可奈何的疏离。

从上述这个对话练习我们可以看到，对话练习应该注意的要领。

首先，我们必须在写作之前把人物的性格和关系充分构思好。如果你把握不了笔下人物的性格特征，你将无法决定他会说什么和怎么说。此外，我们在写人物对话的时候必须考虑到人物内心活动和他用嘴说出来的话语之间的差异。在现实生活中，任何人的语言也追赶不上他思想的速度，人们说出的话语从来都是他不停歇的思想之流的一朵朵小浪花。也就是说，即便人们的话语和他的内心世界是同一的，他说的便是他想的，他说出来的话语也不可能是思想的全部。它往往仅仅是内心活动的一小部分而已。何况，在很多的情况下，人物说出来的话语并非总是与内心保持一致，有的时候说出的话语不过是内心的一种表象，甚至是一种言此及彼的假象。这样的对话在电影作品中才会具有丰富的潜台词，也只有这样的对话，才能给观众品味的空间。

当然，学会创作高质量的电影对话绝非一蹴而就的事情。谁一开始写作剧本的时候都会在这方面遇到困难。初学者们最大的问题不是写不出对话，而是分辨不出对话质量存在的问题。下面，我们来看一个例子。这是一位初学剧本写作的同学所做的练习，从中我们可以看出在对话创作中典型的问题来——

剧本	教师点评
1 刑场 日 外景 （幻觉）吴实的眼底出现一块萝卜地，一个刚拔出来的白嫩萝卜横在翠绿的地中央。四周一片安静。 吴实扭过头，将一张布告盖在萝卜上，等他扭过头看时，萝卜地成了刑场。那张布告正在死犯胸以上的部位。 吴实嘘了口气，他恍过神来，发现四周的其他执法人员正忙碌着。吴实想走开，不料脚却像灌了铅似的，他只好抬头远看。正在这时，他的女同事方锦华从背后走来，趁他不注意，猛地将布告一揭。 方锦华：吴实。 这突然的招呼吓了吴实一跳。吴实回身看见了尸体。死犯是一个三十多岁的男人。那苍白的僵容重重击中了猝不及防的吴实。 吴实：啊！你，你干什么？ 方锦华：干什么？这叫验尸，看把你给吓的。有什么好怕的，亏你还是个大男人呢。 吴实：你…… 方锦华：我什么？瞧你的样子，手还在抖。	我们在写人物对话的时候，首先需要认真斟酌的是他这个时候会不会说话，之后才会考虑他会怎么说。例如这里，人物受到了惊吓，是开口说这句台词好呢？还是不说更好？如果把吴实的惊恐通过他的表情动作来完成，是不是会比现在说出来更好？尽管这句台词很短，但它却不过是重复着画面已经表达出来的信息。 现在作者将方锦华的内心活动全部用对话一览无余地说给观众听了。这并非很好的做法。其实，方锦华只要故作惊讶地问："哟，你怎么啦？"她对吴实那种讥讽的内心就会更巧妙地表现出来。这种"留有余地"的对话，使得画面上的人物表情有了更好的存在理由。因此，在写作对话的时候一定要考虑如何"留白"，不要让人物把内心的东西全部说尽。在电影剧本的对话中，能用一个字来表现的，绝对不用两个字。

剧本	教师点评
吴实攥紧了手中的布告。 这时，院长走过来，他是一名个子不高但很威仪的老法官。刚才的一幕显然都被他看在眼中。他过来拍了拍吴实的肩。 院长：没关系，什么事情都有个第一次。今天是你自上法官岗位的第一次亲临刑场吧。	这个院长难道不知道他的下属是刚刚参加工作而且是头一次来到行刑现场的吗？显然，作者安排老院长说这个话的目的是希望用它来告诉观众吴实是新人这样一个事实。不过，用对话说明前史的意图在这里太明显了，因此就格外不自然。其实，老院长过来，只要拍拍吴实的肩膀，问上一句："头一回吧？"关切和鼓励之情就尽在其中了。何必说那么多。
吴实：院长…… 院长：既然你选择了法官这份工作，就应该在生死面前保持一种超然的冷静。把自己心弄得强悍一些，起码别输给人家女同志嘛。	你看，这样的对话太说教气，使人物显得多少有些概念。在构思老院长这个人物的时候作者下的工夫不够。我们看到这个老院长没什么性格特色，是各种国产影片中端着领导架子、操着官腔的那种领导。
方锦华：院长，你这是明褒暗贬，女同志又怎么了，好像女的就天生差一等。	也许，作者希望方锦华性格特点突出一点儿，不过要注意的是过犹不及。她的这些话使人物的行为有些夸张和做作。
院长：没有没有，在工作中男女平等，男女平等。	上面这些对话使人物显得很幼稚，都不是性格语言。

剧本	教师点评
吴实定定地望着两人，不知说什么好，院长俯下身，将布告重新盖上。 院长：吴实，这死者的家属来了吗？ 吴实：已经寄了三次通知书，就是没人来。临刑前，这名犯人什么都不说，连个遗嘱都没法录下来。 方锦华：一定是后悔了！谁让他当初那么冲动，堂客和同村的一名民办教师发生了关系，他就把人家人类灵魂的工程师给砍死了……	作为方锦华谈话的对象，无论是吴实还是院长，都不可能不知道被枪毙的人犯了什么罪，何用方锦华在这里喋喋不休地将他们都清楚的案情说上一遍呢？看来作者是特地说出来给观众听的。但由于这些话的出现不在情理之中，所以显得很虚假。这样的毛病是初学者经常会犯的。他们往往急着把前史通过人物的对话讲给观众听，此时，对话变成了说明前史的生硬工具。其实，何必这样急着让观众知道这样的前史呢？死这个犯人是什么人，他的家人是什么人，这些现在不说，在后面的电影叙事中也肯定会得到表现的机会的。留下这个悬念不更好吗？
院长：（制止）小方，这里不是贫嘴的地方。 方锦华：（止不住口）案情就是这样的嘛。法律已经严惩了他。我们已经给世人敲响了一记沉重的警钟！	这是国产电影中对话的典型毛病，人物出口成章，操着书面语言，说出的话生硬得像是背书。
院长：多嘴丫头。 正在这时，一名法警过来叫走了方。 方临走前冲吴实得意地眨眨眼。 院长：死者的家离这里多远？	作为院长，处理这样大的案件，怎么可能对案情如此不了解？看来作者还是要通过人物之口把情况交代给观众听。

剧本	教师点评
吴实：我听公安局的同志说，那地方叫"麻冲"，要坐一小时左右的汽车，然后再爬三十来里的山路，那是我们这个市最偏僻的村子。 院长：哎，是那种偏远地区，容易发生一些愚昧的犯罪行为，看来普法工作还得更深更广地开展下去才行。	院长的这些话纯属多余。他怎么能在这样的地方像首长作报告似地发出这样的宏论呢？这些语言多么说教气。
吴实：院长，您看这事怎么处理？ 院长：还是尽快让他的家属前来认领吧，尽管他是罪犯，但他已经服了刑，我们仍然得讲起码的人道主义。要不然，辛苦你一趟，明天亲自把通知书送到他家里？	关于人道主义的宏论显然发生得不是时机。既然在后面观众将看到吴实将通知书送到罪犯家中的情节，在这里完全没必要说得如此详细。院长只要说："辛苦你一趟吧。"就足够了。

从上面这位同学的习作中，我们可以看到初学者在写作对话的时候最容易出现的一些毛病。显然，这位同学也注意到了，人物性格应该鲜明。但是他只关注到了人物性格的表面：把吴实这个新人写得仅仅是胆小，把方锦华的性格设计得过分夸张和外在，把老院长处理成了很多作品中那种慈祥如父但操着官腔的好领导。实际上，这三个人的性格都单薄、表面，因此不够生动。正是这样的原因，他们说出的话就会显得苍白和不自然。再有就是对话暴露出了作者的说明性意图，用对话来说明前史或者某种思想，然而这种说明却使对话显得生硬和不可信。

现在，我们再来看另外一则有趣的练习，请重点注意这则练习中作者是如何刻画人物性格的，他是如何处理复杂的人物内心和说出来的话语之间的关系的。

1　停车场杂货店　下午晚些 外景

　　一个年轻的大约22岁的年轻女人站在一个破旧杂货店的停车场前。她神情憔悴，厚重的夹克下穿着一件工作围裙。看来她是在等待什么人。她正要点燃一支烟时却停住了,目光看向远方——

一辆黑色的豪华轿车向她驶来。

女孩有着金色的及肩长发,雪白的皮肤和粉红的嘴唇让她看起来有一种柔弱病态的美。看到轿车过来,不知道为什么,她的嘴角露出一丝多少有些神秘的微笑。

轿车在女孩的面前停下,车门打开,一个四十多岁接近五十岁的男人的头露了出来。男人的长相隐约能见到年轻时候的帅气与潇洒,他下车走向女孩。

男人:是您打的电话吗?

女孩看了男人一眼,低头继续将烟点完,深吸了一口吐出长长的烟圈。

女孩:Mr Hart?

男人:是我。

男人快走几步到女孩面前,从怀中掏出名片递到女孩手上。

男人:非常感谢您,小姐。

女孩一只手接过名片,皱着眉看了一眼。

女孩:和钱夹里的一样,我就是打的这上面的电话。

她把手伸向衣袋,却又停住了。

女孩:对不起,您的钱夹里除了名片还有什么?

男人:(笑了)当然。还有我的信用卡和八百元现金。

女孩这才将手伸进夹克一边的口袋,举出一个钱包扬了扬。

女孩:是这个吗?

男人边道谢边接过钱包,打开钱包看了一眼,尤其仔细地看了看里边的钱。

女孩看着他查看钱包。

那男人顺手从钱包里抽出几张百元钞票递到女孩手里。

男人:真是太感谢您了。这是我之前答应您的酬劳。

女孩接过钱数了数,装进夹克口袋里。

男人看女孩的眼神有些暧昧。

男人:天气真好啊。

女孩:啊,是的。

男人：我一直认为我是一个有福气的人，尤其是在这样好的天气里，您看，钱夹偏偏被您这么漂亮好心的小姐捡到。

女孩：（灿烂地一笑）您真会恭维人，Hart 先生。

男人：可我甚至连我的恩人的名字都还不知道。

女孩：Laura，叫 Laura 就成。

男人：（伸出手）啊 Laura，太感谢您了。

女孩：（拍了拍装钱的衣袋）您真是太客气啦，实际上您已经感谢过啦。

男人好像有些不愿马上离开，却又不知道该说什么。

女孩：我得回去上班了。

男人：当然。哦对了，我还要进去买一条领带，不知道你们这里有没有合适的？

女孩：（打量着男人）当然！您来吧，您会满意的！

女孩对男人流露出暧昧的微笑。

2 超市　下午晚些　内景

这是一家面积巨大的超市，货架林立。

女孩领着男人从货架之间走过。

女孩：您常来吗？

男人：哦……偶尔，不经常。您知道，逛商场是女人的专利。

女孩：您真幽默，Hart 先生。

3 超市里的服装部　时间同上　内景

穿衣镜里反照出正在试戴领带的男人，那是一条素雅的碎花领带。

男人转过身来，对着身边的女孩作出潇洒状。

男人：怎么样？

女孩：挺好，不过，也许这一条更适合您。

女孩拿起一条花色夸张的、有些艳俗的领带。

男人：是吗？你真认为我戴这条合适？

女孩：当然，这应该更符合您的风格。您知道，每个人有不同的性格，不同性格的人应该戴适合他性格的领带。

男人尝试着将那条艳俗的领带系上脖领，从表情上看，显然他不认为这条很适合自己。

男人：那么在您看来，我应该是什么性格的人呢？

女孩：您是那种有女人缘的人，Hart 先生，您对女人有很好的鉴赏力。像这领带一样热情似火。

男人哈哈大笑了起来。

男人：有道理！我就要这条吧！

女孩帮助他把领带取了下来。

女孩：小的时候，我妈妈对我说，领带就好像是缠绕着男人脖子的女人，她得适合那个男人的口味，不然他就会抛弃她买一条新的。

男人：（注视着女孩，笑了）你妈妈真的很聪明。

女孩：实际上她不是我妈妈，她是我的养母。这边付款，Hart 先生。

男人一愣，跟了上去。

女孩：Hart 先生，您说您不常到这儿来。

男人：是啊。

女孩停了下来，看着男人。

女孩：是的。您确实不常来，不过您好像每年的昨天都会从很远的地方到这里来，是吗？

男人骤然有些紧张，他瞩目着女孩。女孩却转身走去了。

男人跟了上去。

男人：请等一等……

女孩：也许我会看相，Hart 先生。（笑起来）您别紧张，我不过是这样猜。收款台就在那边，Hart 先生，别再把钱夹丢了。下次恐怕就没那么好运气了。

女孩说完便转身走开了。

男人想要喊住她，张开嘴却没发出声音来。

收款台里的小姐：先生。

男人：噢。

他从钱包里拿出钱来放到收款台上，这时他突然发现钱包里还有一封折叠好的信，便诧异地展开来看。他的脸色骤然变了，猛地抬头去找那离去的女孩。

那女孩已经不见了踪影。

男人顾不得拿他的领带和找他的零头，他转身就去寻找那女孩。

收款小姐：（在他身后喊）嗨，先生！

4　服装部　时间同前　内景

男人匆匆地在挂满服装的衣架前走过，他在那里搜寻着刚才和他说话的那个叫 Laura 女孩。他神情焦灼。然而，在那些顾客和售货小姐之中，他没发现她的踪影。

男人又看了看他掐在手中的信。

女孩的画外音：二十二年前您为了您那高贵的名誉，遗弃了那个为你怀孕的女孩，Hart 先生。

汗珠从男人额头上淌落下来，他神情慌乱地在货架之间乱撞，却不见那女孩的身影。

　　女孩的画外音：您一定还记得这些货架子吧？当年您就是在这里像贼一样把您的亲生骨肉扔下跑了！

男人在货架之间奔走，找寻着那女孩。他突然拉住一个背影很像 Laura 的女孩，然而那人不是。

女孩的画外音：不必紧张，更不必害怕，Hart 先生。这个世界上没人会知道您过去的那桩艳遇。没人会知道我的母亲是为你死去的，那些都是过去了很久很久的事情了。不过，我没办法安慰您的良心，您得带着您的良心活一辈子啦，Hart 先生。如果您还有良心的话。

男人看着手中的信，又抬头看看眼前的一切。他的眼神里充满了茫然。

5　收款台　时间同上　内景

男人匆匆来到收款台前，他顾不上排队的人不满的眼光。

男人：（对收款小姐）对不起，小姐。请问，Laura 小姐在哪儿？

收款小姐：Laura？什么 Laura？

> 男人：就是在你们这儿工作的 Laura，金头发的那个！
> 收款小姐：（打量了男人一眼）我们这儿从来就没有一个叫 Laura 的。
> 她示意后面排队的人付款。
> 男人无奈地回转身——
> 超市里人很多，大家都在忙着各自的事情……

尽管这则练习有一些可以商榷的地方（例如男人出于良心上的自责每年到这里来的行为设计得多少有些牵强），但与前一则练习相比总体上要好多了。首先，由于两个人物个性构思得鲜活，带来了对话的生动。而且他们的对话都在生动的画面里，发生在他们的行动中。电影对话与话剧台词有一个很大的不同，那就是电影对话应该是具有"可看性"的。也就是说，人物说出来的话语对观众所产生的效果不应该是让他们闭上眼睛来听就能了解所有的信息，而是吸引着他们更加关注画面上的一切。在第三个场景的戏中，两个人物一边挑选领带一边好像很随意地聊天。可是我们却从那对话中听出了弦外之音。在这个时候，画面与对话相映成趣，很巧妙地结合了起来。最后作者通过女孩之口用来交代前史的那些旁白，因为那些旁白是女孩戏剧动作的有机部分，所以并不显得太生硬，而且与同时发生的画面相互结合得很紧密。

 **作业**

请写出下列规定情境中的人物对话：

在一个家庭聚会上，一个一生活得不如意的中年男子喝得有些高了，他喋喋不休地对着自己的家人诉说着自己这一生最引为豪的那些往事。

第五章

选材练习

练习的目的和意义

现在我们要开始写剧本啦！

一个剧本真正的创作活动开始于选材。一个搞编剧工作的人在现实生活中总会对周边的人和事保持着高度的兴趣和关注。他们脑海里最常出现的一个问题便是："这能不能写成一个电影剧本？"电影编剧在剧本创作活动中会自问自答很多问题，例如"我的主人公多大年纪？""他上过大学没有？"等等。然而，在所有的问题中，"这能不能写成一个电影剧本"往往是一个剧本真正开始创作的起点。从你发现一个有趣的事物，到你以这个事物为素材或者受到它的启发而创作出一个剧本，这固然需要一个挺复杂的过程，但是发现这个素材有创作成剧本的价值却是更为关键的一步。只有解决了我们打算拿什么素材来写剧本的问题，才能进一步思考该怎么来写它。这就好比种植庄稼，你先得决定种什么，选什么作种子。种子选好了，才有后面的浇水施肥。如果种子没有选好，就算费再大的力气，也长不出苗壮的庄稼。因此，有人说，选对了题材就等于剧本成功了一半。这个观点是很中肯的。好的选材，会带给人很大的发挥余地，认真地挖掘下去，就能写出优秀的作品。而没有价值的选材，无论怎样挖掘，也很难写出好东西。这就好比你做玉雕，你首先要找一块有雕刻价值的玉石。相反，在一块土坷垃上，你就算有着特别高明的雕功，也雕不出有价值的好东西来。

这一点，往往容易被同学们忽视。这些同学有一个习惯，就是急于下笔，却缺少对材料的挑选。由于没有对材料的细致地挑选和深入地分析揣摩，结果是还没写就决定了未来的作品不会是一个好剧本。

说来，我们仅从创作题材的积累上就能很容易区分一个专业剧作家和一个初学编剧的人。一个初学编剧的人在谈论他"有些什么材料可以写成电影剧本"的时候,往往捉襟见肘。他们通常谈不出几个想法便就没了想法。然而专业的编剧可就不一样了,如果你拿了同样的问题问他,而碰巧他又愿意的话,他便会滔滔不绝地把一个又一个的创意讲给你听。他甚至会问你:"你希望要哪方面的?是生活情感类的还是动作类的?"即便你把选材范围缩小到相当狭窄的类型里,比方你回答说:"就写一个商战故事吧!"他也会立刻便接二连三地给你讲出很多不同的创意来。在好莱坞,有一些所谓的编剧基本上是没有写过什么剧本的,他们的工作便是搜集写电影剧本的"主意",并将这些"主意"出卖给制片公司,他们就是用这样的办法来养活自己的。一个好的编剧,在题材方面开的是超市,一个初学者在这一方面倒好像在街边摆上几双袜子在等待买主。他们之间的差距之一,其实就体现在了选材的能力上。

那么,怎么做才能使我们变成一个满腹经纶的"题材富翁"呢?说来也没有什么讨巧的办法可行,你唯一能做的便是努力地瞪大了眼睛,竖起了耳朵去从生活中捕捉那些有创作价值的素材。电影编剧是一个特殊的职业,他要求从事这个职业的人不同于其他职业的人。两者之间最大的不同恐怕还不在你的写作能力上,而是体现在你对生活观察的热情和敏感度上。对于普通人而言,他们也会关注生活中的某些事物,尤其是那些本身就具有戏剧性的事物。不过这些事物顶多成为他们茶余饭后的谈资,过去便也就忘却了。然而对于一个真正的编剧却不是这样的,与普通人相比,他们对周遭的生活和人们不仅抱有更强烈的好奇心,还会停下脚步来,把那些发生过的事物在头脑中认真地回味一番。正是这样的回味才使得他们从这个材料中悟得了一些什么,于是这个材料便也就进入了他创作剧本的题材库。你想拿起笔来写作的时候表现得像一个合格的编剧吗?那你必须在拿起笔来之前活得像一个编剧!

练习的内容和方法

此项练习的具体内容便是选择出一些你认为适合创作成电影短片剧本的题材来。在这个选择过程中,请大家注意如下一些容易出现的典型问题。

一、选材观念上发生的问题

有趣的是，你如果让一个班的学生开始他们剧本的选材和构思，他们打算写和感兴趣的东西往往会撞车。因为他们以往的电影观念决定了其所感兴趣的东西，例如其中的很多人会去编一些"时空穿越"、"双胞胎姐妹"、"某人失忆"什么的。尽管黑社会和妓女的生活面距离他们实际的生活经历很远，但是他们中的很多人往往会选择这样的东西作为构思创作的材料。在他们看来，他们自己真实的生活经历和人生体验是没有创作价值的。于是，他们宁可舍近求远。

比如，一个学生写了这样一则构思：

> 两个人是发小，在初中的时候拉开了距离，一个成为品学兼优的好学生，另外一个则沦为街头的小混混。最终，品学兼优的被保送到了军校，毕业之后成为警察，而另外一个，则失去了音信。十几年后，一个人成了警察，一个人则成了贩毒头目。警察在抓捕名单上看到了发小的名字。最终，在那场海上战争中，贩毒者的舰艇，警察的冲锋枪，那些重伤、死亡、狙击船……在贩毒头目临死的时候，他看着自己的发小，两个人经历了一场生死离别。最后，警察站在发小的遗像前，看着熟悉的面孔，百感交集。

我们可以看出，这个学生对自己的构思还是经过了一番思考的。但是，他自己根本不了解那种身份的人物，在人家写过的东西上也没找到新鲜的处理方法，致使这个剧本变成了一次对别人的幼稚粗糙的模仿。这首先不是一个写作技巧的问题，而是一个选材观念的问题。

传统的选材观念总告诉人们，只有那些生活在异常时刻中的不寻常的人才是"有戏"的写作对象。尽管我们在生活中并非总能碰到失忆或者双胞胎这样的人，可在作品中却屡见不鲜。这样的选材观念往往使电影作品与我们普通观众的生活拉开了距离。就好像我们多数普通人的日常生活是没有任何表现价值似的。其实这样的观念是陈腐的，至少是狭隘的。如果你仔细地观察和揣摩你身边的生活和人们，而且你确实独具慧眼的话，便会发现那些常常被人们熟视无睹地忽视了的日常生活是多么的耐人寻味。

有位同学去乡间旅游，看到了美丽却十分贫困的山村里，一位可敬的老爷爷级的代课老师在领着孩子们上体育课，他们追逐着的是一只用破皮子缝制出来的破皮球。这位同学看后心灵受到了格外的震撼和感动。他就构思出了这样一个创意：

  一个破旧的山村小学里，有位年纪挺大的代课老师用破皮子给孩子们缝制了一只所谓的足球，在那球的里边塞进了很多破布头。有了这只球孩子们很开心地在山坡的空地上踢了起来，却没想到那球朝着远处的悬崖滚去，最终掉落了下去。孩子们俯身看时，发现球被悬崖上长出的小树挡住。于是他们便找来绳索打算下去把球弄回来。是老师及时制止了他们，那老师把绳子系在自己的身上，朝着悬崖爬下去，孩子们紧张地看着这位年迈的老人。最终，老师把球抛了上来，孩子们又有足球了！

这个创意尽管只有一个事件：老师从悬崖下把球捞上来。但相信看罢这部作品的人都会深深地动容。这位同学从自己的生活中捕捉到了一种令人感动的东西，而这东西是远比胡编乱造地弄上一些他根本就不熟悉的妓女或黑社会老大的故事更加有魅力和个性的。

二、选材规模问题

有很多东西都不是用微电影就能够表达的，像两个人情感关系漫长的变化和一个人的一生，等等。这样的构思往往会用相当长的篇幅才能展开。例如有个同学要写这样一个故事：

  有一个进山采药的老人在荒无人烟的大山里遇到了一个自称是探险寻宝的中年男人，那男人在老人意外受伤时救了老者的性命。两人逐渐放弃了各自的戒备熟悉起来，最后采药老人才发现，这中年男子原来是一个因为受贿罪而逃跑的嫌疑犯。最终，这人在老人的感动下走出大山，投案自首。

这个构思中最需要花费篇幅的便是两个人物情感关系的渐进过程，我们必须用细腻的笔墨来展现两个人从初遇时的戒备到逐渐贴近再经过逐步的互相了解最终达到一种难得的情感交流这样一系列发展变化的过程。这实在是应该用一整部 90 分钟以上的电影来表现的。如果在一个微电影剧本中将这个过程过分地简化，整个故事便会显得格外不可信。

再例如，有同学打算写一位母亲的一生，她是如何经历了童年的贫穷，如何恋爱其后又遇到了背叛，好不容易嫁人却面临丈夫去世，儿女养大又遇上了孩子因婚姻不幸而自杀……咱们姑且不论这构思的内容如何。仅仅这样一个传记式的内容，你便在 90 分钟片长的时间内讲述不下来。不信你就看看《末代皇帝》(*The Last Emperor*, 1987)、《乡村女教师》、《二十四只眼睛》(*Twenty-Four Eyes*, 1954)这一类的描写一个人漫长人生的电影，哪个不是上下集两三个小时的片长？这种题材本身要求作者在讲述时体现出那种漫长的时光流逝的感觉。如果你在微电影剧本中采取"三级跳"的方式简化这个过程，必然会糟践了题材。

另外，情节线太多的题材也不适宜用微电影来表达。例如有个同学打算写这样一个故事：

> 一个塔楼中 80 平米房子的住户为了赚钱，将这房子分隔成了五个单独的房间。再把这五个房间分别出租给了不同的人居住。蜗居在这里的五个房客有各自的生活背景和社会情况。房间一住着一个梦想成为明星的北漂，又一间房子里住着一个在夜店当三陪的女孩，还有一间内是一个带着孩子来京治病的农民大叔，有一个暂时没找到工作的大学生住在拐角的一间没有窗户的房子里……

总之，作者要在这个作品中展现出他们各自的生存状态和情感纠葛。然而这难道是可能的吗？也许一个 90 分钟的剧本还有可能展现出这种多线条的题材。用微电影来干这个事儿是根本不可能现实的。一个微电影即便长到 20 分钟，平均每条线也只能分到 4 分钟的篇幅，4 分钟，能说清楚什么呢？

短片就好比是《核舟记》中描写的桃核上雕刻成的小舟，它的特点便是于毫厘之间展现功夫；短片又像是生活长河中的一朵小浪花，篇幅虽小却能折射出生活中令人品味的情感来。正是这样的特点,要求我们的作者要珍惜讲述的篇幅,集中所要表现的情节。通常说来,对于微电影剧本来说情节线索的单一性要求是毫不过分的。也就是说,一个这样的短片,应该只集中写一件小事,而且这小事也只有一个情节桥段。涉及这个事件的人物,可以是一个,也可以是两个,但千万不能太多。有人把这个选材规模上的要求简化作"一件小事儿两个人",大体上是不错的。

我们回顾一下前边我们举过的例子,如《距离托那十二英里》,它不过讲述了一个人一件事儿:一个男人中毒眩晕,挣扎着把汽车开到了医院。事件本身尽管很单一,可给我们的情感体验却是格外丰富的。

其实一个单纯的情节所能体现出来的情节层次和内涵并不一定是简单的。有一个短片剧本选择了一个小姑娘偷了家里的铜锁去和胡同里挑担卖小泥人的老汉换了一只泥公鸡的故事。这个剧本的情节紧紧地围绕着这个"换泥玩"的核心事件来展开:

> 可爱的小姑娘妞妞受不了泥玩的诱惑,背着大人偷了家里的一个铜锁去和挑担老人换回了一只可以吹出响声的花公鸡。那老头问妞妞拿铜锁换玩具家里人是否知道,妞妞点了头。老人明知小孩子说话不靠谱却依然把铜锁留下了。家里人发现她突然有了这个玩具就逼问她是用什么换的。妞妞吓哭了,说出了实话。妈妈带着妞妞找到了换泥玩的老头,将老头狠狠地斥责了一顿,讨回了铜锁。妞妞感觉很理亏,从远处的树后偷偷地张望那老头。老头也感到惭愧,在临走时把大公鸡给妞妞留下了。晚上,大家说起小姑出嫁的时候,妞妞说她也想出嫁,并且嫁给卖泥人的老头!

这个剧本的时代背景是二十世纪五十年代的老北京,整个作品弥漫着对老北京的怀旧情感。看过之后,颇令人对那个时代特有的人际关系和人情味儿产生一种深深的怀恋。作品的情节尽管单一,却没影响它使人获得丰富的体验。(《妞妞》剧本见本书附录六)

初学者选材还要顾及到题材所涉及的场面和制作经费的问题。一个二三十分钟的小小短片去描写千军万马的战场或者《007》(*James Bond*

007）系列电影中那种汽车的追杀场面显然是不现实的。

三、选材的抽象化和概念化问题

总有同学会在选材的时候误将某种抽象的人生感受或者思想当作创作的题材。例如有位同学刚刚走入大学校门，从农村来到这所大学的他内心产生了一种强烈的自卑感，他认定人生就是一个无声的战场，自己需要有战士般的勇气，不停地、不环顾左右地朝前猛冲，不管你是胜利地到达了终点，还是半路上倒地而死，你都是一名真正的斗士，你都会赢得别人的尊重。这显然是一种抽象的思想。然而这位同学却把它当成了创作的题材。当他开始构思的时候便立刻发现，把这抽象的东西变成一种视听造型该有多么困难。于是他就写了一个学生不停地在银幕上奔跑，这人跑过各种场景环境，为了让人们不至于把这东西看作是一个关于跑步的科教片，他便在影片中加入了画外旁白喋喋不休地把自己想表达的主题思想说出来。演出结果当然是可想而知的了。观众看得一头雾水，给了他一个评价：大尾巴狼——假装身沉（深沉）！

其实有生活感悟当然是一件好事，然而我们不是写社论，我们要写的是电影剧本，而这个剧本在未来的影片中每一秒钟都是具体的视听形象！一个抽象的思想是不是可以经过形象化最终构思出一个剧本来呢？威廉·阿契尔（Archer·William，1856—1924，英国戏剧理论家）说过，那是可能的，但那一定是没出息的剧本。

也有的同学会把作品变成一种简单的道德批判。例如某个同学发现社会生活中有很多人不遵守公共道德，他就根据这样的发现构思了一个故事出来：

一个人上当受骗，收到一张假钞，他却打算再嫁祸于人地把这张假钞用出去，最终却搬起石头砸了自己的脚。

也许，从情节上来看，这构思还有一定的戏剧性，不过却没有什么味道。它不过是一次对社会生活中不良现象的简单的道德批判。

一个小小的微电影首先不应该追求主题思想上的过度艰深，或者是把它变成一个道德批判稿儿，这都是不可取的做法。微电影是一种艺术，它必须给我们的观众提供一种审美的感受。因此，作者应该努力追求的是"情趣"二字。在这里，也许写作"趣情"二字更加准确。因为，一个作品首先必须做到有"趣"，也就是能牢牢地吸引你的观众，令他们产生不间断的兴趣。当然，光吸引他们也许还不够，如果能在最终打动他们，令他们心有所动，这才是真正的好作品。如果把一个作品搞得干干巴巴，只有云里雾里的一堆思想，那绝对不是我们应该追求的。

何况我们必须看到，微电影的那个"微"字，对于作品主题思想也是有要求的，那就是不能太大。就好像一只蚱蜢船，载不得那么"伟大"的理念的。

四、不思考这个材料是否具有电影造型发挥的可能性

有一些同学在选择创作材料的时候，常常只考虑内容是不是有趣，却很少考虑这些内容的发生环境是不是有利于电影造型的发挥。不是所有的题材都适合拍摄成电影的。比方说我们如果去尝试着把一个独处的人翻江倒海的内心写成电影剧本，恐怕就有些麻烦。电影是通过对事物的外部造型来揭示人的内心情感的艺术。如果只有内心活动而没有外部行为的话，这样的题材在写作的时候就会很困难。这恐怕也是很多同学总不得不在他的作品里加入很多画外独白或者旁白的原因。不过，也有很多的生活事物本身就是很有造型特色的。例如一个同学打算写一个男子穿着圣诞老人的衣服跟踪自己女友以便看看她是不是"劈腿"的故事。显然，这个材料中，无论是平安夜那种灯火灿烂的环境还是圣诞老人的装扮，都会给未来的作品带来很不错的画面感。

 作业

1. 从编剧的角度来思考下面两则新闻的创作价值：

（1）未婚妈妈遭男友抛弃，带女婴"落户"肯德基50天。（2013年8月21日的网易新闻）

（2）17岁少年上街抢钱被刑拘，只为给女儿买奶粉。

2. 请找到一个可供创作出一部短片剧本的题材,并从下面几个方面写出创作阐述来。

(1) 你打算把它写成多长的短片?

(2) 这个材料令你兴奋的是什么?

(3) 它将被你写成什么风格味道的剧本?

(4) 它在造型方面将有哪些特点?

第六章

题材分析练习

练习的意义和目的

对于一个玉雕师傅来说，选料固然重要，然而，只把可以雕刻的材料选出来还不过是最容易的一步。下面的一步恐怕更加是对他的考验，那就是他必须决定用这块石料雕刻出什么来。剧本创作的过程恰恰和玉雕师傅要干的事情是差不多的。我们知道，一个电影剧作者进行创作的过程，便是一个不断地自我提问和自问自答的过程。几乎对于所有干这个行当的人说来他们最初的提问往往都是这一个："这个材料是不是能够用来创作一个剧本呢？"而紧接着必然会自问自答的问题便会是："这个材料可以写成一个什么样儿的剧本呢？"

回答第一个问题的过程，我们叫作选材，而回答第二个问题的过程，我们就叫它题材分析。这两个活动之后所产生的成果，便是我们称之为"创意"的东西了。

在教学过程中，我们会常常遇到这样的情况：一个同学很敏感地关注到生活中的某个有趣的事物，却无法将它变成一个剧本的情节。应该怎么改造和加工它？怎么才能把这个现实生活中的素材变成一个有趣的剧本情节呢？说来，这就是我们在剧作练习的第七步中所要展开的教学内容——题材分析。

在一个电影剧本的创作中，我们会经过很多的创作环节，例如选材、题材分析、人物性格构思、人物关系搭建、故事梗概写作、叙事结构设计，等等，然而在所有的这些创作环节中，首要的是题材分析环节，这就好比你即将走进一座大山，你必须选择好一条进山的道路，如果这条路从一开始就选择错了，其他的事情就谈不上了。如果我们把创作一个剧本比喻作是在一块空地上盖起一座大厦的话，你首先要决定的必然是要盖的是一座什么建筑,是商厦、写字楼还是公寓楼?只有确定了这些之后你才可能考虑它的内部结构和所有细节。

题材分析的能力是一个剧作者最重要的功力之一,它甚至比真正动笔写一个剧本更需要功力。但是由于这个环节发生在人们动笔写作之前,所以大家常常会忽视这个环节。有题材分析能力的人,往往能给那些别人看不上的生活材料赋予人们意想不到的艺术魅力。一个没有题材分析能力的人,即便得到一个好的生活材料,他也只能写出一个平庸而且落套的东西来。

有一个同学从电视中看到了一位奥运举重冠军成长历程的报道。这位冠军出身于贫苦的农村家庭,因为自幼就得帮助父母在田里劳作,所以力气过人。他后来被一位山村教师发现,送到县里培养,经过艰苦的训练过程,终于参加了省队,后来又被选拔到了国家队,代表国家去参加了奥运比赛,最终因夺冠而升起了五星红旗。这位同学看过这个报道之后,感觉到这材料应该可以创作出一个电影剧本,于是他就进入了构思。不过很快他便陷入了迷茫,不知道应该朝着哪个方向来加工这个材料。按照电视报道本身的逻辑去写一个山里孩子成长为世界冠军的故事?写一个孩子从抵触艰苦的训练到战胜自己的立志过程?这些好像都不是令他激动的选择。后来,在一位老师的启发下,他终于从这个材料中找到了最令自己动心的加工方向。

他把笔墨集中在描写一个农村的年纪很大的代课老师与一个力气出众的农村胖小子之间的情感关系。这位代课老师认定这个胖小子是一块举重的料,他很想在自己退休之前当一次发现人才的伯乐,就说服胖小子的家长让他带着孩子到县城里去"推销"这个人才。他带着这孩子到处去找负责体育的领导和专家,说服他们相信这孩子是多么有前途。他甚至不服气地领着孩子到省城去找体委的头头,但因为各种原因最终没能如愿。

这位同学就是想把笔墨集中起来,让我们通过这个事件看到两个活生生的人物之间那种动人的情感纠葛。当他找到了这样一个加工方向之后,这个生活材料立刻变得富有人性光彩起来。他把这个想法最终写成了剧本,果然获得了当年的扶持青年优秀电影剧作计划奖。从这个例子我们不难看到，题材分析有多么重要。一个编剧如果题材分析能力强，他就能有很多的东西用来创作，他的创作题材便不会枯竭。如果他这方面的能力弱，便总会眉头紧皱着哀叹找不到好东西来写。

练习内容和方法

在前一个练习中，我们已经从生活中得到很多可以用来加工创作的材料。现在我们必须真正地进入这些材料，分析出对它们进行加工的大方向。空说无益，请看例证——

有个下岗工人受聘于一家张飞牛肉面馆，他每天穿戴上张飞的行头，手里提着丈八蛇矛，在那家面馆门外为店家招揽生意。

这是我们在一个练习的作业中所举的例子，也是一个生活中真实的事情。现在我们需要分析一下，这个材料到底能加工成一个什么样儿的剧作情节呢？

首先，我们可能会直觉地感受到，这是一个很有造型特点和趣味的材料。那是一条餐馆毗邻的很有地方建筑特色的小街，街边的餐馆挂着五花八门的招幌和灯笼，张飞牛肉面馆是川味的，因此音响里传出了闹猛的川剧声。门前这位"张飞"穿着舞台上张飞的服装，手持丈八蛇矛在那里"哇呀呀"地吼着招揽生意。过往的行人和游客，那些红男绿女们从张飞面前走过，对他拍照，和他一起照相……这些不是都会构成这部影片未来的造型特色吗？

请看，在这个时候我们分析了一些什么？对了！就是这个材料中未来可以加以发挥和利用的声画造型。对于一部电视剧说来，也许这些并不重要。电视剧的画面表现力与电影相比是有相当的局限性的，尤其是那种家长里短的电视剧，场景环境往往不过是给人物提供的表演区，说白了就是找个合适的地方让人物把需要说的台词说出来。然而对于一部电影来说，声画造型就好比是生命一样。一部作品的风格特色，一部影片的情感味道，从很大程度上取决于画面的造型。好的环境造型，不仅能在观众心目中留下深刻的印象，而且会成为揭示人物内心和营造电影气氛的最重要的手段。

其次,你觉得这个下岗工人有趣吗?他到底是一个什么性格的人?他的家庭是什么样儿的?既然他能装扮成勇猛的张飞,料得也是生得人高马大的。看见他在大街上对所有人都那样和颜悦色有求必应,想必这人的性格中会有很温柔的成分。这样一来,这个人真实的性格气质岂不与那嫉恶如仇的猛张飞有着很大的差距了?好的,一个老实本分的人,一个身材高大却性格格外腼腆的人,在他学着扮演张飞和了解张飞的过程中会有什么改变吗?他会在猛张飞面前感到自卑吗?他会逐渐地把自己当成张飞而改变自己以往的处事之道吗?

请看,当你在思考这些的时候,不仅人物性格会渐渐地清晰起来,你对作品所能表现出来的思想内涵也有了更深入的探求。所以,研究人物性格的构成是题材分析一个很重要的方面。这其中当然也包含着对这个材料所包含的生活感受的开掘。

再次,我们把这个材料写成一个什么样式和风格的作品呢?正剧、悲剧还是喜剧?从材料来看,这人物扮装张飞的工作还是蛮有喜感的,如果我们用喜剧风格来处理这个题材应该是一个不错的选择。不过,恐怕我们不应该把这个作品写得太闹剧化,即便是喜剧它也会是比较生活的那种。何况这个性格腼腆的大个子是那么的善良温柔,他的性格会为这部作品带来很多温柔甚至伤感的东西。一个人,面临着下岗这样的人生境遇,能用笑着的方式度过,能在众人面前保持着一种做人的尊严,这其中就有着令人思考的东西。看来我们把它定位为一个有生活质感的感伤喜剧是有道理的。

请看,这个时候我们分析的是这个材料的样式和风格取向。这对于一个作品来说是十分重要的。因为这将决定这部作品给观众的情感体验和它独特的审美特征。

也许我们能就这个材料思考的还不仅是这三点,我们甚至也许能考虑更多。不过对于题材分析说来,这三个方面却是最基础的。如果你考虑到了这三个方面,你的大概的构思便会逐步清晰起来。现在,我们已经可以得到一个有趣的故事了:

某张飞牛肉面馆门口，有个下岗工人装扮的张飞在那里招揽着过往的行人。他是一个与人为善甚至性格多少有些懦弱的人，所以无论那些从这里路过的认识他的人如何拿他开玩笑，甚至有些玩笑开得很过火他也不生气。显然，他自己也感觉自己的外形固然像张飞，可与张飞那种嫉恶如仇的内心有着很大的差异。

就在这一天，意想不到的事情发生了。大街上有个刚刚还在欺负他的小混混偷了一名游客的钱包，当那位姑娘发现并追赶的时候，小混混路过"张飞"的面前，他这个假张飞竟然没敢有一点勇敢的表示。那女孩眼看着小偷跑得无影无踪，不由对"张飞"那样的做法表达出了自己的蔑视和愤怒，然后生气地走了。"张飞"羞愧极了。那小混混又偷偷跑了回来，再次戏弄"张飞"来耍，没想到这次"张飞"真的愤怒了！这位下岗工人此刻真的变成了张飞，用丈八蛇矛把小混混打倒在地！

请看，最开始那个生活素材经过我们的分析和思考，现在已经变成了一个情节。尽管这个情节还是粗框架的，但毕竟我们已经有了一个构思。因此，我们可以认识到：一个被你选择来的生活材料是需要经过认真地分析的。造型特色、人物性格和作品内涵，以及未来作品的风格样式取向，这三个方面是我们分析材料的基本方面。经过了这番分析，我们会找到处理和加工材料的方向，最终我们会得到一个最初的情节框架。

需要注意的是，在思考一个素材的加工和改造方向的最初，不应该一条路走到黑，应该考虑不同的加工处理方法，也就是说，我们需要的是发散性的思维。一个生活材料，可以有诸多的加工方向，如果只考虑其中的一个方向，必然就会失去对其他方向的考量。如果我们同时考虑到尽可能多的加工方向，然后从中间选择一个我们最喜欢的、最有加工前景的，当然也是作者本人最感兴趣且与作者的生活积淀最相适应的，这样写作起来才会痛快，写出来的东西才能水灵。

一位同学在某一天里经过一家北京的餐馆，无意中看见了这样一件事儿：一个稚气未脱的饭馆服务小伙子在饭馆门口用客人们吃剩下的菜喂一条瘦弱的流浪狗。小伙子的脸上充满了对小狗的慈爱和怜悯，显然他很喜欢这小狗。就在这个时候，一个领班模样的大姐过来了，对他挺凶地警告说：

"你又逗它，看一会儿老板看见了不骂你！"小伙子不得不走开，可那小狗却追随着他发出可怜的叫声，小伙子一步三回头地走进了餐馆，把小狗关在了门外。

看到这个事情，这位朋友受到了很深的触动。他看到了一个漂泊在北京的打工仔对一条无家可归的小狗的动人的感情。于是突然想到："这能不能写成一个微电影剧本呢？"他开始分析这个生活材料。在这个过程中他对各种他认为可能的加工方向进行了思考。

比方说，能不能这样写？

一个十六岁的农村男孩在一家餐馆打工，有一天他发现了一条没人要的流浪狗。那小狗对这男孩表现出了一种特殊的依恋，它好像认定了这男孩便是它的主人。男孩把这小狗偷偷地藏在了自己的宿舍里，却被老板发现。老板让他必须尽快把那小狗处理掉。可是无论小男孩如何把这小狗赶出门，它终会可怜兮兮地回来赖着不走。最终，小男孩背起了自己简陋的行囊离开了那家餐馆，走上了街头。那时已是灯火阑珊，那小狗紧紧地跟在他的身旁……

他也想到了另外一个方案：写成一只小狗和几个小孩子之间的故事。

一群小孩子捡到一只走丢的小狗，大家很喜欢它。可是善良的孩子们在担心小狗的主人会因为找不到它而着急，所以他们决心帮助小狗找主人。可是平日里告诉他们要爱惜小动物的家长却不同意他们把小狗弄到家里来，说小狗身上有细菌，有传染病，不卫生，等等。小孩子们无奈之下，想了各种办法，比如张贴广告，来帮小狗找主人。

在这过程中，我们看到了不同人的性格和心态。这个小故事以其精巧的构思，从小视点中折射了生活。这好像是一个群像式的故事，需要更多的篇幅，所以他最终还是放弃了把它写成微电影剧本的想法。

他还想到了一个方案，这个方案是两个人的故事：

一个餐馆打工的小伙计发现了一只无人管的小狗，就偷偷地收养了它。有个附近居民楼里孤独的老奶奶想要走这条小狗，小伙计却没舍得。然而一天，小狗吃了不好的东西病得很严重。小伙计没钱也没办法为它看病，就想起了老奶奶来。他贸然敲开老奶奶家门，老奶奶决定帮助他给狗看病。

这个故事就写他们两个人围绕着给小狗看病这个事件表现出来的动人的情感关系。一老一小，被一条小狗的命运联系到了一起。表面上看，他们两人之间似乎有着人与人之间生活境况和社会阶层方面的差异，但是他们却有着共同的情感基础——他们都是孤独的人，都对获得更多的关爱有着某种期盼，他们对小狗的关爱正是这种期盼的微妙折射。这个事情的后面有着温馨的力量。显然，作者更喜欢的是这第三个主意。原因很简单：这个想法情节比较集中，有利于微电影的篇幅。它又有人情味儿，还有小狗命运的悬念。从造型变化上来看，抱着小狗去看病这一行动涉及的场景变化也多一点儿，片子拍摄出来会好看。何况作者本人其实并不熟悉餐馆打工的生活，却很熟悉那个老奶奶居住的居民楼里的生活，写作起来会更加自信。现在看来，如果在题材分析这个环节的最初，这位作者刚刚考虑到第一方案就急忙地开始了写作，他的损失就是显而易见的了。

这个例子还给我们另外一个启迪，那就是不要让有价值的生活从身边溜走。我们身边的生活中就有很多能够让人怦然心动的事情，这些事情往往能折射出人们心底的情感，让我们看到人的命运和他们的情感关系。一个独具慧眼的人往往能够捕捉到生活中的材料并展开自己的分析和想象，用自己对生活的感悟和以往对生活的积累将发现的这个材料"滋养"成一个剧本的情节。大家可以看出，其实生活本身就有很多有价值的东西值得我们关注和思考，而这些材料往往比你脱离生活的胡编乱造更加有味道，更加有一种质朴动人的内在力量。因此，我们得出选材构思的第一要义——从现实生活中选材。好的微电影事件总是发生在一个有趣的环境里，发生在有趣的人身上。当听到看到或者亲身经历了一个感人的事件，不要放过它，这可以拿来作为构思的种子。

有一位学习编剧的朋友得到了某个出资机构的命题，让他以"青岛"、"海港"、"爱"这三个关键词来创作出一个20到30分钟长的微电影剧本来投入拍摄。他经过反复思考，决心放弃以青岛的海港为基本场景写一个爱情故事的想法，因为他认为那样的东西可能会比较滥。他决心写一对父子情。最初的构思是这样的：

> 小至的爸爸是个酒鬼，每天酗酒，不出海捕鱼，也不关心小至。原因是有一次他出海捕鱼了，小至的妈妈去距离海堤很远的地方拣海蛎子，她忘记了海水涨潮的时间，当她发现的时候自己已经被海水困住，最终被海水淹没了……小至的爸爸认定是因为自己光想着多捞一些鱼而耽误了返航，这才导致了小至妈妈的遇难，他自此便一蹶不振，变成了现在这个样子。
>
> 为了让爸爸能重新振作起来，小至决心靠自己的努力去为父亲买一条新船，他到码头上帮助那些大人们干一些小活儿，向人家讨要一点点零钱偷偷地存了起来。小至因为家里的事情而无法安心上学，而且偷偷出去挣钱也使得他很累，上课的时候总是会睡着。班上和小至要好的同学小猫和四眼妹最终得知小至内心所想，决心帮助他达成这一心愿。一位好心的婆婆平日里很同情小至父子，这天小至看到婆婆的儿子在漆一条船，就表示想买下它。那男人以为小孩子在胡说八道，可当他听自己的母亲说到小至失去母亲的遭遇之后就表示愿意把船贱卖给小至父子。于是，小至就更加努力地去码头上赚钱了。
>
> 小至的爸爸发现了小至藏起来的那些钱，便逼问小至是不是偷别人的。小至吓坏了，他把自己想挣钱给爸爸买船的想法对爸爸说了。爸爸听说后很是感动。他用小至存下的钱给小至买了一双新的胶鞋，还告诉小至，他已经去交钱买了一条新的船……

显然，这个构思是有它的优点的。整个故事围绕着大海展开，场景有渔村，有大海，有海港，有渔船……所有这些造型无疑会给整个故事带来非常有特色的画面。而且故事也确实把笔墨用在了一个"情"字上，契合着命题说给出的"青岛"、"海港"、"爱"三个关键词所表达的主题。不过当作者写的时候却发现了问题。

问题一：故事的前史过于复杂。前史必须说明小至的妈妈是因为什么遇难的，而小至的爸爸为什么认定她的遇难是自己的失误造成的。为了说明这些，作者选择了大量闪回手段。这样的选择真有些得不偿失，它们占用了大量叙事篇幅不说，也使得作者想表达的主体内容——父子情感关系——被迫中断。幸而这部作品的作者是明智，他最终选择了简化前史的路线，把那个复杂的往事变得简捷起来：由于小至的爸爸出海未归，母亲耽误了突发疾病的治疗而去世，因此而使小至的爸爸陷入痛苦和自责。这样的前史不需要再用大量的篇幅来交代了，两三句对话便能让观众明白。

在这里我们必须提醒大家，随意使用所谓的时空交错式结构，随意地使用闪回手段，是初学者的一种常见病。他们往往在需要交待故事前史的时候随时在故事的进程中加入所谓的回忆画面。这种方式给人一种格外不自然的感觉，作者的说明意图暴露无遗，故而令观众生厌。而且作者必然也处在两难境地：闪回的内容太少，观众不仅弄不清楚前史，还会觉得作品粗糙；然而如果充分地闪回，你必将破坏对现行故事的讲述，使观众不明白你究竟是想用这部作品告诉我们一个过去的故事，还是要讲述一个眼下的故事。

问题二：情节的喧宾夺主。 原来作者设定的情节主题应该是父子的情感关系，因此故事应该围绕这两个人的情感线来进行，然而现在的作品中却用了大量的笔墨来表现小至如何努力去弄钱买船。这样一来，原先的两个人的情感故事竟然变成一个人的励志故事了。何况，一个小孩子存钱买船这种行为的可信度本来就不高！

这里就出现了初学者们的又一个常见病，那就是在写作的过程中未能明确自己的情节主题。一个小小的微电影剧本是没有过多篇幅让你游离核心情节线的，你必须集中笔墨来展开预设的情节主题，而不能让情节副线占据过多的笔墨。

聪明的作者在最终放弃了小至存钱买船这个情节，把笔墨集中到了父子情感关系的描写上来。

于是，经过一番思考和修改，作者有了如下构思：

> 小至从小便失去了母亲。父亲在母亲离世后便成了一个酒鬼，家里一贫如洗，小至甚至连一双鞋也穿不起。然而，他渴望着父亲的爱和关注。

学校来了一位日本女教师，训练"两人三腿"，获胜者能去日本进行专门训练。小至多希望能得到这个机会啊！他和家境优越的肥猫分到了一个组。经过两个孩子的争吵、磨合、友谊，以及训练中的种种有趣的事，最终，小至看到了振作起来的父亲。

相比之前小至攒钱给爸爸买船的构思，这里就更加自然、温馨，富有趣味了。

一个精巧的构思，往往让人产生兴奋之感，产生对未来作品的期待和向往。富于戏剧性的、生动的、有情有趣的创意，是伟大作品的种子和源泉，是获取观众口碑的金钥匙，更是让投资方确定为之付出与否的首道门槛。

编剧在进行创作的最初常常会向投资方提供一份作品的创意书。写创意书的动机当然首先是为着告诉投资方未来这是一个什么样的作品，它有哪些特色，为什么要创作它，它的创作前景是什么。

 作业

选择一个你认为有创作和加工价值的生活材料，对这个材料进行一次细致的题材分析，并写成一份这个剧本的创意书。创意书中应该包括如下内容：

（1）故事情节的大框架；
（2）声画造型特色、人物性格和思想内涵、风格样式取向；
（3）这个作品的最终社会效果。

第七章
人物性格构思练习

练习的目的和意义

通过上面的题材分析练习，我们会得到一个大的情节框架。尽管这个大的情节框架还过于简单，但对于一个剧本的创作说来却是格外重要的。我们经常会看到这样的情况，一个同学在创作剧本的时候，刚刚想到一个写剧本的主意便急急忙忙地进入了写作，结果往往是弄到半截就写不下去，即便有些人坚持着把那东西写到头了，但在拿给别人看的时候，人家也看不明白他想写的是什么，给人的感觉是情节混乱一团。究其原因，就是他其实并不清楚自己的大的情节框架是什么。所以，几乎所有的剧作教育家都会告诉我们一个十分重要的环节，那就是在进入细致的构思和写作之前，先在自己心中明确将要写的这个剧本的主体情节是什么。而且，你应该能用一句话把将要写的这个剧本的情节主体表述清楚。

我们为什么要作题材分析？目的就是通过这个环节来把生活材料加工成未来剧本的情节主体。例如，在前边练习中我们曾经介绍给大家这样一个创意：

> 一个餐馆打工的小伙计发现了一只无人管的小狗，就偷偷地收养了它。有个附近居民楼里孤独的老奶奶想要走这条小狗，小伙计却没舍得。然而一天，小狗吃了不好的东西病得很严重，小伙计没钱也没办法为它看病，就想起了老奶奶。他贸然敲开老奶奶家门，老奶奶决定帮助他给狗看病。

这个故事就写他们两个人围绕着给小狗看病这个事件表现出来的动人的情感关系。我们甚至可以只用一句话来表述：一个餐馆的打工仔和一位孤独的老奶奶在为一只流浪小狗看病的过程中建立起动人的情感关系。你下一步所需要做的事情，当然就是把这句话用丰富的、有趣动人的层次来展开。

可是，当你真正要将初步构思好的大的情节框架展开的时候，立刻就会发现这似乎也不是那么容易的事儿。在这个时候人们往往无从下手。那个大的情节框架此刻倒好像是一只怎么也发不起来的海参干，你不知道怎么才能将它丰富成一部有血有肉的剧本。

其实，接下来你要做的事情还不是急急忙忙地把这大的情节框架扩展开来，因为你必须知道，在任何一个剧本中决定情节是否真实的是人物性格。如果情节不符合人物性格的基本逻辑，那情节就会变得不可信了。正是人物鲜活的性格才造成了电影剧作情节的独特性。概念化的人物只能构成概念化的剧本，套路化的人物只能构成大路货的剧本，只有个性鲜活的人物，才能构成情节独特的剧本。所以，当你有了一个大的情节框架之后，下一步所要进行的工作不是别的，而是人物！是的，你必须把这个剧本中的人物性格构思清楚，而且让人物的关系搭建起来，让他们的情感纠葛起来。

在初学者中，不乏重情节而轻人物者，他们致力于情节的构思，追求形式的新颖，而对于人物性格的构思却比较草率，笔下的人物有时候甚至成了作者完成预设情节的道具。这种观念和做法是欠妥的。艺术是对现实的反应，在社会生活中，人作为活动的主体，既是动作的发出者，也是社会关系的主体。在艺术作品中，人类的活动和情感永远是表现的范畴和主题。世界范围内固然有不少电影是以动物作为拍摄主体的，但只要不是科教片，你就会发现他们反映的都是人类的情感，赋予的都是人的思维。任何一个环节，都不能同人物相割裂。因此，在写作剧本的时候如果不充分地考虑人物，那将是一部缺乏情感表达情节不生动的作品。

那么，由于其篇幅限制，微电影无法面面俱到地表现人物，是不是意味着人物在微电影中就不重要呢？答案是否定的。一部120分钟的电影固然能将人物表达得充分而透彻，然而一滴海水反射的阳光和一片大海反射的阳光是一样的。微电影虽然短小精悍，同样需要用最精炼的方式展示人物性格和状态。微电影展现的是生活中的一朵浪花，人物是生活中小的截面，且不能是概念的。电影是集中的，要求人物表达集中、鲜活，微电影尤其这样，在简短的情节中，应该三两句话就给人一个印象。

有个同学做出了一个很有趣的构思：

> 一位即将结婚的女孩在婚礼前夕被一个问题困扰着，她不知道如何处置自己以往一直珍藏着的小箱子，那个箱子里锁着的是她和过去的男友在热恋中留下的书信、日记和一些纪念品。那是一段曾经十分投入的感情，尽管已经成为过去，她却不愿把这些东西扔掉。于是，她决定在婚前最后的日子里，为这箱子找到一个好的存放处。她分别找到了三个自认为可以寄托这箱子的闺蜜朋友。然而，最终的结果是，她费了半天力气也没能为这箱子找到安身之处。

如果把这个构思写成剧本，显然会有一个挑战：不能把那三个闺蜜的性格写得没有个性差异。从某种意义上说，能不能把这三个人物的性格写得具有不同的个性色彩，将是这部作品成败的关键。令人欣慰的是，这位同学在这方面确实完成得不错。因此这部作品曾经获得过大学生电影节短片竞赛单元的"优秀剧本奖"。

请看这个作品，并关注它在人物性格塑造方面的构思和具体表达。

待嫁的箱子

历历：女，29岁，北京人，某公司白领，音乐学院毕业，聪明、漂亮、浪漫、带点忧郁，学历高，对事业和生活上进，对男人有吸引力，总是对现实生活不满，自私，各种欲望强烈，对生活有敏锐的感受。

妈妈：传统的中年妇女，善良，情感细腻。

株株：女，30岁，历历大学同学，直爽、世俗、金钱至上，被装修搞得有点歇斯底里。

江小芳：女，27岁，历历的中学好友，崇拜历历，单纯、循规蹈矩、内向、神经质、忌妒心强、敏感、神叨。

丛林：女，34岁，北京人，大姐大、神叨、性感、丰满、外向，曾经被深爱的男人背叛，不信任男人，只相信一夜情。

黑场，出字幕

历历：（画外音）妈！你干嘛呢！翻我东西干嘛？！

妈妈：（画外音）这都什么呀！看看！自己看看！

一只手在打开木箱。箱子打开后，里面是各式各样的信封、贺卡。这只手爱惜地拿起其中的一张心形贺卡，打开来看，上面写着大大的两个字——爱你。这双手将贺卡小心地折叠好，又拿起另外一张贺卡，打开。

妈妈：（画外音）历历，跟你说多少回了。过去的那些事儿，过去就过去了。没几天你就要嫁人了，你说你留这些不是惹事儿吗！

历历看着那些信件、日记、相册。

历历：（画外音）不，我就要留着！

妈妈：（画外音）你可不知道男人，别看他们个个块头大，心眼儿啊，针鼻儿大。你这要是让他看见，你可怎么说呀！听妈话，别留了。

一双手合上箱子。

妈妈：（画外音）收了吧！

历历坐在公交车上，腿上放着那只箱子，一只手紧紧地握住箱子把手。从表情看来，她平静中透着一些无奈。

出字幕：待嫁的箱子。

1　街区　日　外景

历历提着箱子脚步匆匆地走在街道上，她走过天桥，过了马路，到了一个小区里，坐在花坛边，发呆。

历历：（画外音）说实话，我也不知道为什么会留着。这些曾经让我心碎过的小纸片能保留到今天，真是奇迹。也许我妈说得对，是该跟当初告别的时候了。可是，该放在哪儿呢？

2　株株家　日　内景

株株家的门大敞着，里面空荡荡的，门口凌乱地堆着原来的家具和几个大纸箱，里面传来一个女人的高音嗓门。

株株：不是说好了吗，是米黄色的，当时我明明说的是米黄色。

一个听不清楚的外地口音的男声：就是这个，这个就是米黄色。

历历走进里屋。只见墙上画着一道鲜明的绿色。

工人：（一个矮瘦的人，南方口音）这个就是你说的黄的，你当时要的就是这个，我说的是没错的，我是绝对不会骗你的。

株株：我的妈呀，这个是绿色，你色盲啊？

工人：我们是不会骗你的，这个就是你要的那个黄色，我们是绝对讲信用的。

株株，那我就是要另外的那个当时挑的。

工人：那另外那个是绿色，你说清楚不就行了，你当时打电话说要黄色，黄色就是这个。

株株：就是那个绿的，记住了吗，我当时挑的另一种。

工人：那我明白了，你要是早说清楚要那个绿色，我就给你拿绿色的过来了，现在你要是换得加钱，一桶要多20，不止这个加钱……要是送货还得加20……（工人的话和形象要有喜剧效果和典型性）

株株疯了似的：随便你！！

株株明显又气又烦，工人走了，才注意到历历。

株株：历历你来了。装修真他妈烦。你以后装修，告诉你，一定不能先给钱。

历历：你怎么啦，怎么突然想起重新装修了

株株：咳，许你结婚不许我装修房子啊。怎么样，婚礼准备得怎么样了。

一个工人回来，欲搬一个纸箱子。

株株指着一个电脑桌：哎——搬这个，小心啊。这个面是活的……

历历：我说，你怎么把钢琴也卖了，太不像话了，我们家那么挤，我还一直没舍得扔呢。

株株：得了，我开始也舍不得来着，可后来又一想，搁在那儿这辈子可能也想不起来弹几次，看着它徒增伤感，你说人跟个小猫小狗待时间长了还有感情呢。

株株：（想了想）那天我逛家具城看了一个大床，特好看，放那儿正合适。

株株指着一个只放着一个钢琴凳的地方，然后看着历历。

历历：（有些伤感地）嗯，现在弹这玩意儿却是一件奢侈的事情对我们来说……

株株：对了，你今来找我什么事？

历历：哦，没什么事儿。（从包里拿出婚礼的请帖）这个给你。

株株：（笑，用手在工作服上抹抹）嘿……你还专门给我送一趟，谢谢，历历，我手太脏了，嘿嘿。

这时历历的手机短信铃声响，是老公发来的短信，上面说：宝贝儿，在干什么呢？

3 小面包车 日 内景

铃声一直响，历历已经在一辆小面包的后座上，旁边的座位上放着箱子，窗外已经是郊区的风光。

车里的收音机开着，滋滋啦啦地放着一些莫名其妙的节目。

历历终于接听了电话。

手机：（温和的男声）历历，你在哪呢？

历历：我出去办点事儿。

手机：哦，我说刚才你家怎么没人接呢？你要去哪啊，要不要我送你呀。

历历：不用不用，我一会就回来，我去找我的一个朋友，给她送请帖。

手机：哦，是这样啊。我不是说过吗，请帖我们寄出去就好啦。历历，你那里怎么那么吵啊，你在哪里，我送你去吧。

历历：不用，先这样吧，我正好想跟我的女朋友聊聊天，一会就回家。拜拜。

4 室内溜冰场 日 内景

溜冰场上各色人等从坡上滑下来，大多是时尚男女，历历提着箱子在坡下眺望了半天，差点没被滑下来的人铲个跟头。

在溜冰场坡下的休息区，小芳戴着大墨镜，手里拿了一瓶水，一动不动地朝着溜冰场方向坐着，前面有一些人滑来滑去的，形成了动静的对比。

历历跌跌撞撞地走到小芳对面，小芳还是一动不动。

历历摘下她的大墨镜，盯着眼睛看，然后笑。

历历：我以为你拉双眼皮了呢，看你跟女特务是的。

小芳笑，把眼镜带上。

历历：（有点责怪地）找你够不容易啊。

小芳：我天天在这儿。

历历：你学溜冰呐？

小芳：也算是吧。

历历：怎么看你还是像个特务，怎么不滑一个我看看。

小芳：我不滑，就在这儿看。

历历：（回头看）这有什么好的呀，在这儿待着。

小芳：在哪不是待着呀，瞧这些红男绿女的，多有意思啊。

历历：咻——怎么神经兮兮的你。

小芳：你怎么样啊？

历历从包里拿出一个红请帖，递给小芳。

小芳：（拿起请帖）这就结了？你想好了吗？

历历：是跟那个暗恋我八年的人，他现在在美国读完了博士。我也是最近才突然决定的。

小芳：这么快就决定了？保险吗？

历历：我妈觉得他特可靠。再说这年头有保险的吗？连保险公司都不保险。

历历笑，小芳好像突然走神了。

历历：你怎么样呀？

小芳：我？还行。（停一下，对服务员）来20个肉串。（对历历）我饿了。

旁边一家三口很疲惫，坐下休息，小男孩跑来跑去拿着滑雪杖乱耍。

羊肉串上来了，小芳开始一个接一个地吃串，历历盯着她看。

小芳：嗯，挺香的。

历历：（把箱子放在桌子上）小芳，求你个事儿，你能帮我暂时保管一下吗？

小芳：（擦了嘴）这么好看的箱子，里边装的什么呀？

小芳小心地摸着密码锁——

历历：其实也没什么——

历历抬头看见小芳摘下墨镜，两眼直勾勾地盯着自己的后面而且脸色突变。

历历回头，她的身后正走来一对相互搀扶的嬉笑的穿着滑雪板的青年男女。那男的此时也看见了她们俩，突然一下傻愣在那里，女的倒是自在。

小芳好像很冷静。

女的开始拉着男的走，男的站着不走。

小芳：（站起来）李亚军，你敢走！

那女的反倒走到小芳跟前。

女的：你管得着吗？

小芳一下变得歇斯底里起来，拿起箱子往女的身上扔去，随即发疯似地冲上去，两个女的很快扭作一团，男的拉架，历历不知所措，看着他们扭打。

箱子掉在地上。

5 溜冰场出口   日   内景

历历疲惫地拿着箱子从溜冰场出来，边走边用手随便梳理头发，几个趴活的小面包司机赶紧迎上来。历历上了一个人的车。

6 小面包车   日   内景

司机：小姐，还是回来时的地方吧？

历历这才注意到司机是自己来时的那位。

车飞快地在高速路上行驶，窗外的景色很美。历历发现手机上有好几个未接电话和短信，都是老公发过来的，短信内容：历历，你到底去哪了，怎么不接电话。她烦躁地把手机放进包里。

司机：您当时一出来我就觉得您肯定得上我的车。真的，我就这么感觉的。

历历无力跟司机多说，懒懒地看着窗外。

7 丛林家   日   内景

丛林体形微胖，微眯着双眼，叼着一跟细细的香烟，穿得像个半仙儿似的，盘腿坐在沙发上，上下打量着坐在对面的历历。丛林腿上趴着一只黄毛大狗，狗毛发很长，懒洋洋地看着历历。历历坐在茶几对面，茶几上放着箱子。历历透过喷出的烟雾，看见很多灰尘的微粒在台灯的逆光下飞舞。

　　这个房间很乱，但看得出在收拾好的情况下还是很讲究的，房间布置得非常鲜艳，红色的墙壁还有很多色彩鲜艳的装饰物。旧钢琴上面堆满了女性杂志和杂物，茶几上放着功夫茶。冒着热气。

　　丛林：（吸了口小烟，慢慢吐出烟雾，眯着眼睛，狡猾地，微笑着）嫁了？（笑）想好了？

　　历历眼睛看着别处，似乎在想什么。

　　丛林掐灭了香烟，历历看着她那留着长长的指甲的手。

　　丛林：什么玩意儿呀，值得这么珍藏的。搁我这儿行，我得知道是什么东西，万一要是炸弹呢？

　　历历：（站起来，拿起箱子）那要不算了。

　　丛林：哎，别急呀，姐跟你开玩笑呢。来坐着妹妹，就你老跟我急。（把箱子从历历手里拿过来）就算里边是碎尸，姐也给你藏着。

　　历历重新坐回原地。

　　丛林：（给她倒功夫茶）尝尝。

　　历历喝茶。

　　丛林：（用手捋着黄毛大狗的毛）历历，你记着男人就是用下半身思考的动物……哦，我还说错了，他们男人连下半身都不会思考！哎呀，现在像你这么纯的人，连格林都写不出来。（对狗）是吧，小Jenny。哎呀，嫁了，这就嫁了……别说是箱子，把你自己搁着都行，历历，以后这儿就是你避难所……

　　突然里屋传来手机铃声，紧接着是男人的声音。

　　男人：（有点暧昧地）喂，我——我在外边呢……恩，我办点事儿……恩，好，那我马上到啊，你等我啊……

　　从里屋出来一个男人，一手拿着电话，一手在穿外套，在门口拿起自己的公文包，看见历历二人，冲历历抬了抬手打招呼，急匆匆离开房间。

　　历历：（一直目送男人出门，转过来冲丛林）谁呀这是？

丛林：咳，人呗。

8　丛林家楼道　日　内景

历历下楼，突然想起了什么，转身上楼。

9　丛林家　日　内景

丛林家的门敞开着，丛林坐在原地，正拿着什么工具企图撬开箱子。黄毛大狗在箱子边正嗅着。丛林回头发现历历站在门口，尴尬。

10　丛林家楼道　日　内景

历历出来了，手里拿着箱子，把围巾往脖子上戴，丛林跟在后面。

丛林：我正打算一会儿就收起来。

历历快步下楼。

丛林：历历，真别生气啊。

黄毛大狗跟着出来送客。

11　公共汽车　黄昏　外景

公共汽车上人很少，历历失落地坐在窗边，外面的风景是郊区的景象，景色很美，旁边的座位上放着那个箱子。黄昏的夕阳照在箱子上，好像给它勾勒了个金边。

一站停下，上来一对老年夫妇，一前一后上了车。明显老太比老头身体好，俩人买了票，呆坐着。

历历的手机响，历历想了想，接听。

12　香山　黄昏　外景

寂静的街道，黄昏，很美，很静，四周比较荒凉。历历一个人提着箱子漫无目的地走。

突然从后面跑来一个男人，抢了箱子，快步往前跑去，消失在拐弯处。

在这个剧本中，我们可以看到作者对四个女子的性格设计。

（1）历历：一个文静内向的女孩，内心纵使有情感波澜，从她的表情上也很难一下子看出来。她话语不多，总是挂着平静的微笑，似乎是一个很随和宽容的人。但是，在她性格深层，却有着别人没有的倔强，她显然是一个认死理的人。她决定要做的事情，便会不撞南墙不回头。她是一个把感情看得很重的人，心怀浪漫，不太实际。这也使她显得与周围的人多少有些格格不入。所以她才会在现实面前碰壁。

（2）株株：一个曾经像历历一样热爱艺术的文艺女青年，不过现在她却在现实面前有了很大的变化和对世俗的妥协。从气质上看，她比历历多了几分开朗和火爆，说话的时候多少有些咋咋呼呼。显然，她是那种快人快语、做事干练的人。然而在她表面的大大咧咧之下，我们却看出她对自己前途没把握的那种忧郁。

历历（左）和株株谈起了一起上学时的美好时光。

（3）小芳：小芳是一个很有心计的姑娘。她的内心被她掩藏得很深。例如她不动声色地跟踪自己丈夫的情人，这时历历找到她，她却平静地说自己在看人家滑冰。她也是那种绝对不吃亏的人，她绝对会采取行动来维护自己的利益。她的嘴皮薄薄的，是一个说话多少有些刻薄的得理不饶人的主儿。

历历在溜冰场边找到了小芳（右）。

（4）丛林：显然是一个阅人无数的颇有社会阅历的人，身上不由自主地流露出一些世俗气。总喜欢拿出大姐大的样子，说话喜欢占据上风，往往会教育别人。她周旋于各种男人之间，并不把男女之情看得过分严重，这当然和她以往的情感经历有关，她显然是一个曾经受过感情挫折的人。所以在她满不在乎的表面下，实际上深藏着对男人的鄙视和对自己的怜悯。

丛林在自己的家中向历历发表着对男人的看法。

由此可见，即便是短片剧本，人物性格的塑造依然是我们必须努力学习和掌握的基本功。

练习的内容和方法

如何把一个在大的情节框架中性格尚且朦胧的人物变成一个有血有肉的性格丰满鲜活的人物呢？写人物性格小传是十分有效的方法。

例如在"一个餐馆的打工仔和一个孤独的老奶奶在为一只流浪小狗看病的过程中建立起动人的情感关系"这个大的情节框架中，包括着两个人物，然而他们的性格这个时候看起来都还是十分朦胧的，我们根本就不知道那个餐馆的小伙计是什么样儿脾气和秉性的人，也不知道老奶奶是一个温和的人还是一个喜欢挑刺的人。总之，对于他们的性格特征，我们一无所知。如果我们现在打算把这个东西变成一个剧本，最要紧的不是马上就顺着这个情节编下去，而是先得把这两个人物所有的相关材料都想象出来。在想这些内容的时候，完全不必过分地追求散文式的完整和逻辑，你可以想到什么就写下什么。想一点，写一点，就这样积累下去，你会发现这个人物在心中逐渐清晰起来，一直到你感觉到自己能把握住他的独特的行为逻辑了，你的情节甚至细节也就都基本了然于胸了。下面我们就来试试看：

关于奶奶的一切

奶奶今年73岁，籍贯山东诸城，姓刘名淑贞，退休前是一位中学老师。

　　老太太身体不算太好，不知道为什么，她总是尿频尿急，所以她偷偷地买婴儿用的尿不湿来用。这个细节可以增添喜剧色彩，当她和那男孩的关系转变后也可以用来言情。

　　奶奶一个人住在塔楼里的一个两居室的单元房子里，她老伴三年前上厕所的时候因心脏病猝死倒在马桶上。这么多日子过去了，她晚上上厕所的时候还总是迷迷糊糊地会看见自己的老伴坐在马桶上看报纸。

　　奶奶原本在中学教生物，所以她知道人和动物生理学方面的不少事情。

　　奶奶有两个儿子一个女儿，他们都有各自的家庭了，女儿一家在国外，两三年回来一次。上次回来是父亲的葬礼，从那以后就没回来过。两个儿子的家倒是都在这个城市里，却也很少能回来看看她，他们都说忙。有的时候儿子下班过来，坐下喝不到半杯茶就走了。因此奶奶最大的问题是孤独。

　　儿子们不愿意回来和她一起住，他们说原因是奶奶脾气大，总爱挑刺，在一起住肯定老得打架。再说，老太太现在身体也还算好，用不着别人照顾。

　　奶奶确实脾气大，她嘴不饶人，说话多少有些刻薄。不过倒是挺幽默的一个人。表面上看，这老太太脾气挺厉害的，可实际上她却是一个内心十分柔软的人，很容易动真感情。对于那些她认为可怜的人，她可大方了。有一次看见街边上一个叫花子在吃垃圾筒里捡到的烂西瓜，老太太上去就哇哩哇啦地警告人家吃这样的脏东西会肚子疼拉稀的，"我看你小命就要玩完了！"她说。说完就从兜里掏出100块钱让人家拿着，买好西瓜吃。

　　奶奶喜欢楼里那些妈妈们抱着的小孩子们。她兜里经常装着一点儿糖果，在电梯里看见小宝宝，就让他们叫奶奶，奶奶会给糖吃。

　　奶奶不做饭，她一个人经常懒得做饭，就从楼下餐馆里叫外卖，只要打个电话说自己想吃什么，就要人家送来。

　　送饭的是一个看上去不足16岁的小男孩。可那男孩却说自己是

19岁。原因大概是老板不让他说自己的真实年龄，因为国家政策上不允许雇用童工。

奶奶经常抱怨这家餐馆的菜越来越难吃了，而且还不断地涨价。她还怀疑人家用地沟油。小伙子听着很不耐烦。这天她和送外卖的小伙计吵了起来，原因是她从昨天的菜里找出了一根头发，就发脾气了，说人家的鱼香肉丝改发菜了。她要求退钱，可那小伙计却说是老太太自己放到餐盒里的。

奶奶家里养着一只会说话的鹩哥，不过它只会在电话响了以后嚷嚷："电话！电话！"老太太有的时候闷得难受，就骂鹩哥。她其实借着骂鹩哥骂自己那些"狼心狗肺的玩意儿"（她的孩子们），伤心的时候就对鹩哥说说话。后来小伙计跟老太太熟悉了，方才知道这鹩哥是过去他老伴儿的最爱。

奶奶是个过分要强的人，凡事不求人。即便是家里的电灯坏了，她也会自己爬上椅子去修理。看着真的是十分惊险。

那天奶奶从餐馆门口路过，看见一只可爱的小狗在那里玩耍，奶奶就从身边的塑料袋里拿出了鱼肠喂给它吃。没想到小狗倒要跟着她走了。这个时候餐馆里那个小伙计跑了过来，叫着"果果！果果！"把小狗训斥了一顿。说："你再不听话，老妖精就把你剥皮吃了！"老太太听了格外生气。

然而自从那以后，那小狗就格外地喜欢奶奶了。它看见奶奶就会上蹿下跳，还会对奶奶撒娇。奶奶格外地怜爱起果果来。她对小伙计说，"把这小东西让给我吧"。没想到小伙计不但不理睬她，反而说了一些很气人的话。老太太也不生气，拿出自己气人的嘴上功夫来，说出的话一套一套的。

奶奶亲眼看见餐馆老板斥责小伙计偷偷地养小狗。他命令小伙计把小狗扔了，如果这小狗不"滚蛋"，这小伙计就得"滚蛋"。可小伙计还是舍不得这小狗，就用他的办法把它偷偷地藏在了与他是老乡的大厨的屋子里。

那天老奶奶家门铃响了，开门看时，竟然是小伙计。老太太奇怪地说自己没要外卖。可小伙计抱着的箱子里传出了果果的呜咽。小伙计说，果果病了，自己没办法了，一着急就跑到老太太这里来求救了。老太太如能给果果治病，他就把果果给她了。老太太生气了，对他说，"好的时候你不给我，你给养成这个德性了倒要送给我了"，说完就把门关上了。不过老太太只坐了一小会儿就又去开门了，这个时候小伙计已经不在了。老太太就连忙打电话叫他回来。她家的鹦哥就喊："电话！电话！"老太太就骂它："别吵！你看你再吵，我就把果果接来，让它把你吃了！"

……

你看，我们可以就这样不断地写下去，直到我们真正地看清了这个人物性格的里里外外为止，我们便能够进入下一个创作的环节，把整个故事写成故事梗概了。那么，写人物性格小传的时候我们应该注意构思这个人物的哪些方面呢？总的说来有两个部分。

其一，人物性格的前史部分：

籍贯
家庭
职业
经历
遭遇
身体状况
婚恋情况
邻里环境
……

其二，人物性格的特征部分：

倾向性
气质（脾气）
文化修养
爱好癖好

心理习惯

语言特点

……

在上面我们对老奶奶性格的构思中，显然已经包含着我们刚刚开列出的这些内容了。那么我们在进行人物性格小传的构思的时候应该注意一些什么呢？

第一，不要限制自己的思维。要采取发散思维的态度，让自己的头脑打开。不要局限在自己已有的情节框架里，不去考虑人物生活的其他内容。例如有的同学会问，我们又不写这老奶奶的先生，我为什么要考虑她先生是怎么去世的呢？其实，他先生这部分材料对于写她的今天是格外重要的。她在他在世的时候两个人尽管打打闹闹的，却感情甚笃。他先生突然就没了，她简直就没有心理准备，所以这种孤独感才显得更加猛烈了一些。人物性格小传中的很多内容在剧本中是不可能正面写出来的。但是因为有了这些材料，作者对人物才能够真正地把握，才能够对自己的人物有写作的信心。也正是这些材料，支撑着作者对人物今天性格的表现。可以这样说：我们在剧作中写出的人物行为不过是他人生的一小部分，但是由于我们构思了他性格的全部材料，当我们看着剧作中所体现出来的这一小部分人物行为的时候，我们能够感受到的却是他整个的人生。这就好像是海明威说过的冰山理论。我们在剧本中写出的尽管只是海面上漂浮着的冰山的尖儿，感受到的却是海面下掩盖着的整座冰山！

第二，构思力戒抽象。不要只用抽象的词汇来形容一个人物的性格。例如你不要只说"他是一个很吝啬的人"，"他是那样疾恶如仇"，"她快活得像阳光一样"……因为我们最终是要把这些性格特征通过人物的行为表现在剧本中的，你只写这些抽象的东西不能使你更清楚地把握住这个人物的性格。所以你最好在构思出他的这些性格特征的同时，也写下这些性格在行为方面的具体体现的细节来。例如我们在上面写道："奶奶确实脾气大，她嘴不饶人，说话多少有些刻薄。不过倒是挺幽默的一个人。表面上看，这老太太脾气挺厉害的，可实际上她的内心却是一个十分柔软的人，很容易动真感情。对于那些她认为可怜的人，她可大方了。有一次看见街边上一个叫花子在吃垃圾筒里拣到的烂西瓜，老太太上去就哇哩哇啦地警告人家吃这样的脏东西会肚子疼拉稀的，'我看你小命就要玩完了！'她说。说完就从兜里掏出 100 块钱让人家拿着，买好西瓜吃。"

　　第三，不要只思考人物的倾向性。有些同学在写一个人物的时候只想到一个人物的道德立场和这个人物的社会观念就不再仔细地朝深处想了。例如他们会说"他是一个很善良的人，他眼里不揉沙子" "他是一个内心格外阴暗的人，他很残忍"。我们必须明白，一个人的倾向性固然是他性格结构中的重要成分，但是这却不是性格结构中的唯一内容。一个人的性格结构要复杂得多。例如性格结构中的气质就是另外一个极为重要的成分。一个善良的男人可能是一个温和得像姑娘一般柔情似水的人，也有可能是一个脾气火爆如李逵般的汉子。在现实生活中，人们的气质如此千差万别，才形成了人们诸多不同的个性化的行为方式。两个同样善良的人，在面对一个事物采取行动的时候方式会是格外不同的。如果我们不考虑人物独特的气质特点，就根本没办法让人物在剧本中个性鲜明。

　　第四，关注人物性格结构中的深层特征。在现实生活中，人物的性格结构是有着不同层次的。我们容易直观到的总是人物性格结构的表面层次，而不太容易观察和体味到的却是人物性格结构的深层特点。有趣的是，性格的表层特征和深层特征常常是有着反差的，甚至是相悖的。例如，我们上面构思的这位老人家，从表面上看，她好像是对周围人怀有很深的戒备似的，给人的印象是一个脾气不好、得理不让人的人。然而实际上她的内心却如此孤独和柔软，她渴望着人们对自己的关爱，她是那种刀子嘴豆腐心的人。如果我们不能看到这老人性格外部和内部的这些复杂特征，这个人物写出来就没了性格的变化和丰富性，也就不可信，不动人了。

　　第五，借助生活中真实人物的性格。这是一个极为有效的办法。生活中有各色各样性格的人物，如果你是一个平日善于和勤于观察的人，你心中一定对周围人物的性格留下了很深的印象。当你构思你剧本中虚构的人物的时候，借助一个你认为和剧中这个人物的性格比较像的现实生活中的人物，便可以把你对生活中熟悉的这个人的性格"移植"到剧作中这个人物的身上。在写作中，借助一个性格原型，然后在这个基础上再进行加工和改造，这是一个十分常见且十分有效的方式。比你凭空制造出一个人物的性格来更独特也更顺手。当然，能这样做的前提一定是你平常就是一个乐于观察和揣摩生活中人物性格的人，是一个对生活中人物性格的标本有很多积累的人。

第六，在人物情感关系的纠葛中展开构思。马克思说过，人的本质就是人的社会关系的总和。任何人都是在一定的人际关系中生存的，如果将一个人与他周边的人剥离和割裂开来去构思他的性格，你是根本无法做到的。例如，我们必须得考虑那老奶奶与家人、邻里、那个小男生之间的情感纠葛。正是在她与所有人的情感纠葛之中，我们才看清了她这个人与众不同的性格特征。

人物性格小传的写作是一件十分快乐的事。在进行这个创作环节的时候，你会发现，人物在你的心中逐渐清晰起来，立体丰满起来了。你甚至可以听到他的呼吸和心跳，可以想象到他遇到任何事情时候会说出什么话和采取什么行动来。这个时候，未来剧本的重要情节和细节也纷纷出现了。你会发现你想到的情节和细节是那么出人意料，那么具有个性。而这些在你构思人物性格小传之前自己都没料到！这也就是我们不主张在有了一个大的情节框架之后立刻就投入写作的原因。因为只有经过了人物性格的构思这个创作环节，真正有趣的情节才能出现，你对作品所要表达的主题思想才能有更深入的认识。从某种意义上说，主题即人。一个作品的主题思想是你预先规定不了的，它是你笔下人物命运自然生发出来的。例如我们刚才构思的老奶奶和餐馆打工的小男孩之间的情感故事，让我们对今日中国社会人与人之间越来越深刻的不信任和心灵距离的鸿沟有了形象的体会，更重要的是，也使我们对老百姓人性中的善良保持着一种温暖而坚定的信心而不是失望。这些主题思想恰恰是在我们对人物性格开掘之后体会到的。

 **作业**

自己寻找一个有趣的故事,为其中的主要人物写一则人物性格笔记,并写出构思过程。(如为何这样设置,其中调动了自己的哪些生活等)

第八章
人物性格观察练习

练习的目的和意义

人物性格塑造的能力，是判断一个编剧高下的最重要指标。电影的一切都是围绕着人物命运展开的，离开人物，电影就什么也不是。人物塑造在电影剧作者们心中的重要地位是别的环节无法替代的，这几乎是一种共识，因而不必在这里反复地论证。你只要找一些脍炙人口的经典电影在这里分析一下，就能够看得一清二楚了。

问题是，我们怎么才能练就一手塑造人物性格的好功夫呢？

在第八章的练习中，我们讲解了人物性格构思这个环节的重要性和具体的做法。可是有同学明明知道了应该要写好人物性格小传，自己却无从下手。面对剧本的大情节框架中人物的名字，他绞尽脑汁也想不出如何才能让那名字变成一个有血有肉性格鲜活的人。他们常常困惑地问自己：我是不是太笨？他们也经常地问老师：我该怎么办？

老师的回答只有一个字：练！

这个世界上，就连吃饭用筷子都需练习才能把菜夹起来，如果每个人面对一个人物的名字都能够立刻把这个人物的性格构思清楚，还要编剧干什么？所以你看到一个编剧在构思的时候能把人物想得活灵活现，他笔下的人物说出的话语那么有性格特色和味道，那一定是他平日对周边的人们细心观察精心揣摩的结果。

借助作者对现实生活中人物性格的积累来塑造剧本中的人物，人们的做法有两种：一种是从生活中找到一个真实的人物作性格模特，在这个性格模特的基础之上进行加工；再有一种便是从生活中众多的人物性格中杂取种种需要的成分，把它们合成到一个你塑造的人物身上。然而不管你采用什么做法，都必须在写作这个剧本之前有足够的现实生活中人物性格的库存量。如果你满腹空空，无论怎么用力也难以把构思中的那个人物名字变成一个真正性格鲜活的人物。

你能用生动的细节说出现实生活中的十个中学老师或者十个母亲不同的人生经历和性格特点吗？表面上看，这是一个何等简单的问题，但是你真正尝试起来便会发现人们在观察生活积累生活方面有着多么大的差距。有的人能绘声绘色地给你讲出一个个不同的老师或者母亲或喜或悲的人生故事，他能学出那些人物在说话时候的特点，他能让你感觉这个人物就在你的面前，可有的人却连一个人物都说不出来，这就是差距。

知道差距之后如果你还不打算放弃学习编剧的念头，唯一能做的事情就是不停地进行人物性格的观察练习了。本章就是为训练这个基本功而设定的，它也是很多电影院校教学中一项学生们不可跳过的练习。

练习的内容和方法

在讲解练习的具体方法之前，我们先来看一个例子：

香莲阿姨

香莲阿姨是我家的邻居，小时候的印象里她整天和她男人打架，打完之后就开始轮流到各家各户哭诉。后来也不知是谁最先管她叫"秦香莲"的，反正后来人人都这样称呼她，以至于直到今天我也记不起她的真实姓名来。

香莲阿姨不和她男人打架时，就跟变了个人似的，整天呲着两颗兔牙乐呵呵的。香莲阿姨很爱美，她是我们家属院里第一个烫发的人，也是第一个买电熨斗的人，也就是从那时起她三天两头地来找妈妈补救烫糊了的衣服。她有两个孩子，大一些的是儿子，小的是女儿。她也是我们院里唯一不打孩子的妈妈，至多气急了把鸡毛掸子拿在手里，吼上两句。因此很受我们小孩的爱戴。她也总是乐此不疲地见谁就问："给我当儿子不？""给我当闺女不？"

记忆中香莲阿姨的每次打架都是大同小异。一个夏日的午后，我坐在院里的大盆里洗日晒浴时，突然就听见一声毫无前奏的哭喊声，不用问香莲阿姨又打上了。我二话不说光着身子就往外跑，没到大门口就听见香莲阿姨扯着嗓子喊："这日子没法过了！"到了屋里看见她满脸是血，额头上裂开了道口子，她站在炕上边哭边骂边往地上扔东西。她扔东西有个特点，就是扔枕头时，先把枕巾扔了，再边哭边拆着把枕套扔了，最后再把枕芯重重地向她男人扔去。被子、褥子也一样的扔法。直到扔到炕上没什么可扔的了，就转战到地上开始扔柜子里的衣服，扔起来也是很仔细。通常柜子里的衣服还没扔完，邻居的叔叔阿姨就拖着鞋、披着袄地前来相劝。这时，香莲阿姨就会哭得更伤心，东西也扔得更快了一些。接下来，当然，就又是挨排去各家各户哭诉了。对于香莲阿姨说来，这似乎是一种不变的程序。

　　我们家住得距离香莲阿姨家最远，所以一般香莲阿姨最后才会来到我家，而那个时候她基本上已经不哭了，只是每每眼睛红红地拉着妈妈的手："大姐，这次我真的不跟他过了，这日子没法过！"妈妈用袖子给她擦着眼泪："别瞎想，再过两年没准就会好了。"香莲阿姨摇着头，看着门外叮嘱妈妈："大姐，我这回走了真的再也不回来了！家里的鸡你可帮我看好了，咱们院里就数我喂的鸡下蛋下得最多。那个小花鸡总不在鸡窝里下，你隔两天去门口的柴堆里看看。闺女儿子要是来家吃饭，别给吃咸了，要不尿炕……"妈妈打断说："哎呀！快别瞎说了，你又往哪走啊，你我都是没娘的人，是连个走的地都没有啊！"香莲阿姨还是哭着走了。妈妈眼圈也红红的用袖子去擦拭，扭头看见我："玩去吧！晚上和招妹一块回来吃饭。"

　　谁也不知道香莲阿姨去哪了，男人也不会去找她。可是过上几天，香莲阿姨就又会自己回来，就跟什么也没发生过一样，整天呲着两颗兔牙又乐呵呵的。可用不了多久，香莲阿姨就又会因为打架再次出走。日子就在香莲阿姨走走回回中一天一天地过去了。

　　后来，我偷听到大人们说招妹和她哥哥都是抱来的。我大惊，跑回家问妈妈。妈妈边和面边一本正经地说："闺女，其实咱们院里好多小孩都是抱来的呢！"我担心地说："可是抱来的不亲！"妈妈用沾满面粉的手戳了一下我的头："怎么会不亲呢！你也是妈捡来的，妈亲你不？"我糊涂了。

　　一天晚上我家和香莲阿姨家一起包饺子吃，大家好不热闹。那天，香莲阿姨卷发上的发油味没到跟前就能闻到，她整晚呲着两颗兔牙笑个不停。可后来她又哭了，哭完又笑。回家妈妈告诉我香莲阿姨要生小孩了。

　　接下来的日子，再也没看见香莲阿姨吵架，也就再也没有看到她哭，她总是挺着个肚子各家各户地出出入入，手里拎着个小醋壶，时不时假模假式地抿上一口。她还买来了好多颜色鲜艳的毛线，一有空就织个不停，脸上挂着满满的笑。

　　一天清晨我被一声推门声惊醒。看见妈妈扶着香莲阿姨进屋了，才知道原来昨晚我是一个人睡的，幸亏半夜没醒过，要不还不得吓坏了。香莲阿姨两眼呆呆的，一句话也不说，她男人用手揪着头发一个劲地叹气。妈妈给香莲阿姨铺好被窝扶她躺下，对她男人说："你也回去歇歇吧！别难受了，要不香莲更难受。香莲就在我这养些日子吧！"男人没有说一句话转身走了。香莲阿姨住在我家的那些日子很少看见香莲阿姨说话，她总是神情呆滞地看着外边。

　　也不知是哪一天，香莲阿姨走了，这回她没有哭，也没有再叮嘱，也没有说再也不回来了，可她竟然真的再也没回来！

　　我总是不时地去大门口的柴堆里去捡小花鸡的蛋，总觉得突然有一天香莲阿姨会有回来。

上面这篇小品文就是一位同学写出的人物性格观察练习了。从这个小品文，你可以看出这种练习如下一些基本的要求和特点来。

　　第一，一定是从生活中发现和采撷来的一个真实人物的性格标本。这种练习要锻炼的就是你观察捕捉和刻画描写人物性格的能力，因此不要去虚构这个人物。你所选择的这个人物一定是有性格特色的，他的性格应该是多少有些与众不同的。不必是多么伟大的人物，因为我们将来在剧本中会表现性格形态、道德立场各异的人物，所以你不必把笔下的人物都写得那样光辉。那样的作为会使你的练习变得很概念化。相反，我们追求的是人物性格的原生态。只有学会在现实的生活中观察人物性格原生态特征，才能在日后进行剧本创作的时候虚构出生动的人物性格来。首先，可以从身边的人做起，比如，从家人、朋友、同学、同事等给自己留下深刻印象的人。在写作的时候，充分调动记忆，选取其做过的具有代表性的事件，逐步深入地反映一个人。从身边人做起的好处是，能够比较容易地把握人物特征——外貌特征、性格特征、行为方式等。并进而剖析其内心情感。

第二，篇幅可以短小精悍。《香莲阿姨》只用了1600多字便记述下一个女人生动的性格来。我们做这样的练习其实是为了更好地培养自己勤于观察生活中人物性格的良好职业习惯，同时也锻炼了自己敏感地捕捉一个人物性格特征并生动地表现出来的基本能力。如果你过分地追求篇幅的宏大，恐怕耗用的时间就太多，便难以把这个练习当成每日每时甚至随时随地的训练行为了。其实有的时候我们只需用寥寥数百字便能完成一个这样的练习。

第三，情节要集中一些。一个小品文，如果没有一个集中的事件或者人物行为，恐怕写起来会散。如果有一个核心的事件，而这个事件又恰巧能比较生动地体现出人物的性格来，小品文就会显得简洁明快。例如《香莲阿姨》就是通过香莲阿姨和她男人打架这个行为来表现她的性格的。

第四，这种练习最忌空泛地形容人物的性格。例如说什么"香莲阿姨是一个快活的人，是一个可爱的人，是一个善良的人"等，空泛的形容不会给任何人深刻的性格印象的。我们未来写作电影剧本，都是通过人物自身的行为和动作来揭示他的性格的。所以在这样的练习中，我们也得通过人物自己的动作生动形象地写出一个人物的音容笑貌来。你看，《香莲阿姨》的作者写起香莲阿姨和她男人打架的方式是多么独特啊："她扔东西有个特点，就是扔枕头时，先把枕巾扔了，再边哭边拆着把枕套扔了，最后再把枕芯重重地向男人扔去。被子、褥子也一样的扔法。直到扔到炕上没什么可扔的了，就转战到地上开始扔柜子里的衣服，扔起来也是很仔细。通常柜子里的衣服还没扔完，邻居的叔叔阿姨就拖着鞋、披着袄地前来相劝。这时，香莲阿姨就会哭得更伤心，东西也扔得更快了一些。"我们就是要观察到人物行为的独特性，捕捉到那些能够表现出人物性格的个性化的行为细节来。只有这样，我们的练习才能达到目的。

第五，要观察到人物性格结构中深层的特点并由表及里、由浅入深地揭示出来。当然，这个要求比较高了一些。通常，我们的初学者们只能抓住人物性格结构中那些表层的特征，例如香莲阿姨的没心没肺。然而这篇作品如果仅仅停留在这个女人总会和自己男人打架，打完了又会四处哭诉这样一个行为上，这个人物就过分简单化了。也许，在文章最初我们看到香莲阿姨"仔细地扔东西"和她"挨门哭诉"的性格时，我们还会觉得她的性格有点喜感，但是在我们读到这个小品文的最后时，心情就会变得沉重和感伤起来，因为我们体验到了一个女人内心的悲苦、无助和绝望。这就是性格揭示的层次感。当然，也不是要求每篇性格观察小品都达到人物性格丰满立体的程度，能够用短小的文字捕捉并表现出人物性格中某一个生动的特征也就可以了。例如下面这一篇：

小怪物

某女孩有个外号叫"小怪物"，原因是她长得很可爱，圆圆的鼻头大大的嘴，很像是当时电视广告中的那个水箱小怪物。

"小怪物"说话的声音也很奇怪，像录音机突然加快了速度，声音变得像卡通片中的人物，嗲嗲的，说话的时候她还总爱呼扇着自己长着长长睫毛的大眼睛作出天真状来。男人见到这样的女孩很难不怜香惜玉。

有一次，她开着汽车从街上走过，突然被一位小警察拦住。警察严厉地问："为什么不系安全带？""小怪物"一点儿也不着急，苦了脸，呼扇着睫毛，把手捂在胸口上嗲嗲地说："人家胸口闷嘛！"小警察脸都红了，立刻板了脸说："走！快走！"

其实，一个成熟的作家，无论他是写小说的还是写剧本的，在人物性格的捕捉和表现上一定都是有着一定功力的。下面我们来欣赏并解析著名小说家阿城先生写下的这篇人物性格的小品文（原作发表于1933年第1期的《芒种》）：

刘先生	点评
我有个朋友，叫刘忠。也格外有个绰号，与"大时代"、"大趋势"、"大感情"、"大宇宙"、"大思想"、"大进取'、"大思辨"、"大技巧"、"大气度"、"大国营"一样，他叫"大龅牙"。是"v"形瘦脸上的大龅牙。	寥寥数笔就完成了人物肖像的描写。抓住关键细节，多少有些夸张。确定一种温和调侃的写作风格，好！一些初学者，描写肖像事无巨细，啰唆不说，与人物性格无关，不会给人印象。其实，真正的人物性格肖像更多的是靠读者自己根据你写出的人物性格想象出来的。你要留给人家想象的余地，尤其是在写作电影剧本的时候，千万不要像写长篇小说那样在写人物肖像上过于滞笔。
通过韩先生，我认识刘忠先生时，他居然已经46岁了。人还单过——腿肚子上贴灶王爷，到哪儿吃哪儿，操起筷子就吃。边吃，边点着筷子头挑剔。刘先生也是一个美食家——不少单身汉都是美食家。	第一个性格特征，爱吃、会吃，不客套。具体细节，不空侃。
大龅牙是位中学教员。年轻时，管不住嘴被人收获当了右派。他的女朋友，小花同志，虽然让他事先什么了，还是满脸歉疚同刘先生黄了。分手的日子也是个下小毛毛雨的日子，小花和他都哭了。刘先生哭得特潇洒，一边哭，一边昂头扬脸，对着雨蒙蒙的天空委屈着，作志士状。	继续用调侃的风格表现人物。这段文字说的是刘先生的性格之前史，寥寥数笔，且有独特的性格动作细节，生动！

刘先生	点评
刘先生在学校住宿。他的对门住着位校办工厂的工人，是位寡妇，颇为年轻的寡妇。长得能说得过去。优点主要是白。个子不高。他们为邻，有10年的历史了。一丁点风流韵事也没有，叫人吃惊。平日，俩都在走廊做饭，都不说话。叮叮当当，各做各的，谁也不客气对方一碟或一碗。时间是伏天了，特热，对门的寡妇开着门，就穿个短裤头，白胖胖地来回走。刘先生见了，迅速穿好衣服，锁上门出去。寡妇见刘先生走了，就哭了。	头一次讲事儿，寡妇肖像生动，两人关系和心理含蓄。
刘先生在学校教语文课。他的专长是语法修辞。绝不绝？他像疯子一样，特别爱好这东西（他当成右派，就是因为傻里吧唧地挑中央首长讲话中的语法修辞错误）。他家里的藏书，清一色，语法修辞！天天看，天天研究，乐此不疲。当为一代之奇人。	爱好也有性格，这是除了吃以外的第二个性格特征——考据癖。而且执著到不识时务。
我们常在韩先生家闲聊。韩先生的女人特讨厌刘先生。刘先生有点不拘小节，侃着温着，一抬屁股，嘟一声。把韩夫人搞得满脸通红。刘先生浑然不觉，问我："阿城老弟，我问你一个问题……""问吧。"我说。"我问你：'弯曲'和'弯弯曲曲'，有什么不同？""弯曲和弯弯曲曲——弯曲就是弯曲呗，这是不能穿凿的，弯弯曲曲——弯弯曲曲，这个这个，其实也是弯弯曲曲。这是不言而喻的事嘛。是不是？这个问题很无聊的嘛。"刘先生说："不行不行。如果你给学生讲课，就像你这么说，能行吗？必须使用规范的语言。""那好哇，先生你说说看。""简单说：弯曲，就是不直！"他说。"我操。我还以为弯曲是直的呢。接着讲接着讲，弯弯曲曲。"我说。"弯弯曲曲，就——是：弯上加弯，曲上加曲！"我听了，大悦，且拊掌大笑说："我的亲哥哥，你说得太对了，弯上加弯，曲上加曲，	这段是头一次仔细地展开人物的动作。前边说了他的考据癖，这里来了个实际的例证。让你看看他的考据到什么程度。而且也把前边提到过的不拘小节的性格特征作了动作上的演示。对话犹见功力。没文学修养的人写不出这词儿来！

刘先生	点评

行,天才!"

说笑着,刘先生掏出一本某大学的学报,迅速翻到某页,指着一则"补白",不无得意地说:

"你看。"

我接过一看,是刘先生的文章,《论"弯曲"与"弯弯曲曲"的不同》。这才收了笑,觉得扫兴起来。

其实,刘先生常有此类的文章发表,比如"你"与"妳","他"与"她"之类。自然,如此一类的文章,久而观之,到底是能让人从枯燥与"无聊"之中,端庄地生出一份尊敬来的。

刘先生从韩先生家一走,韩夫人就埋怨韩先生,说:

"这个大龇牙,真讨厌,不管男人女人,一抬屁股,就放屁。"

韩先生笑笑,并不言语。

韩夫人突然觉得有点奇怪,就问:

"你说,这个大龇牙怎么总放屁呀?是不是有什么病呀?"

韩先生严肃地想了想,说:

"这是他的内脏——通。好!"

大龇牙也常到我家来。他一来,我女人就慌了。知道他是个挑剔的主儿,做什么吃呢?

我就说,你随便做。他就这毛病。文人就是这样,吃饱了,就要发发议论。说完,我自个儿也觉得有趣儿,憋不住笑了。

"那——就馅饼?"

"行,油大点。"

耐着性子,听完刘先生侃完他的"语法修辞"之新见之后,我笑着说:"吃饭吧。行啦,下课罢。语法修辞也不能当新鲜蔬菜吃。"

"烙饼,"刘先生边吃边讲,"弟妹,像你这么烙,不行。这怎么能行呢?这叫什么饼呀?整个一个鞋垫儿。"

说得我们夫妇和孩子哈哈大笑。

我女人倒是十分谦虚。说:

第八章 人物性格观察练习

刘先生	点评
"刘老师，你说说，你给讲讲，怎么烙好，我学学。" "好！"刘先生说，"比如是烙春饼。" "烙春饼。"我女人学生似地重复着。 "对，烙春饼。用精粉1.2斤，豆油少量。然后，用60摄氏度热水和面，稍饧。" "稍饧是啥意思？"我女人问。 "'饧'者，'候'也。" "面和好了，等一会儿是吧？"我女人问。 "对。" "然后呢？" "然后，分出14个剂儿，按扁。将其中7个，刷点豆油。另外7个呢压在上面。饼铛温热后改成微火，将合在一起的面剂儿擀薄置铛上。面变色了，翻个儿，再烙。随烙随擀。烙出后，用净毛巾盖上。" "这就行了是吧？" "行了。然后，小葱蘸酱加肉炒粉丝卷饼吃。香咸开胃。" "对！"女人兴奋了，"看看，看看，又学了一招！"于是乎，刘先生很得意，又讲了"煎胡萝卜饼"、"金银煎饼"、"肉丝烩蛋饼"、"咖喱饺饼"、"葱油煎饼"、"蛋面薄饼"、"芙蓉虾饼"、"冬菇肉饼"、"木樨饼"，等等，又讲了些炒菜，像"拌腰片"、"肉末豆腐"、"醋熘鸡蛋"之类。兴致所驱，又讲了如何如何做泡菜，什么"牛肉泡菜"、"苏联泡菜"、"日本番茄泡菜"，由泡菜又讲到咸菜，如"辣萝卜条"、"白糖生姜片"、"芥末茄子"。把我女人讲得直懵。 吃饱了，补几口茶，就告辞了。 出了门，我说："刘兄，你得成个家了。差不多了。挺个啥劲儿？依小弟之见，你对门那个寡妇还不错。实话说罢，女人和女人，没什么不同，一个味儿！别太理想化。" 刘先生说："不行不行，太不行了，我对女人不是太理想化，怎么说呢？……是很伤心！不行。一个人，挺好……" 我没再说，只是仰了头说："今晚的月亮很圆呐，这是农历初几呀，这么圆？"	何其生动的场面，简直就能看见三个人物的表演。人人都有各自的性格。在这里，不仅夸张地表现了前边提到过的一个性格特征——美食和不拘小节，而且暗含着对刘先生深层性格的画龙点睛——"我对女人不是太理想化，怎么说呢？……是很伤心！不行。一个人，挺好……"寥寥数字，几多凄凉！而"我没再说，只是仰了头说：'今晚的月亮很圆呐，这是农历初几呀，这么圆？'"一句对白更是充满了心理活动的潜台词。对"我"的性格之内敛和世故作了信手拈来的表现。

 **作业**

从你身边的现实生活中选择一个有个性特点的真实人物写成一篇人物性格观察小品文,通过一件小事把他的性格展现出来。

第九章
故事梗概练习

练习的目的和意义

　　故事梗概在创作环节中的地位和作用是不可忽视的，几乎没有哪个剧作家是在肚子里构思完了剧情就直接把它写成剧本的。在动手写作剧本之前，他们至少还得经过两个不可逾越的创作环节，即写出故事梗概和分场提纲来。

　　故事梗概有两个很重要的作用，一个作用是为我们剧作者服务的。当我们心中有了一个很详细的构思之后，我们需要用梗概的形式把它记录下来，把所有的内容都整理下来。让我们自己对即将写出来的剧本心中有数。一个好的故事梗概能给作者带来写作剧本的信心。写作故事梗概会迫使你努力地完善构思，也会使你构思中的问题暴露出来。你会发现那些多余的情节和情节不连贯的地方，你会把它们消灭在剧本写作之前。因此写好故事梗概首先是对剧作者有直接的益处的。

　　同时，故事梗概也是为制片人或者审查剧本的领导们服务的。既然我们写作剧本的目的是为了拍摄，最终能决定一个剧本是否能投拍的是投资商和领导，你就不得不把剧本交给他们看。然而他们在最初往往没有耐心去看一个洋洋万言的剧本，他们喜欢先看你的故事梗概，然后再决定自己会不会去读你的剧本。因此，从某种意义上说来，故事梗概是给别人阅读的文字，至少不仅仅是自娱自乐的东西。如果你想打动有钱和有权来决定你作品命运的人，你至少得认真地把故事梗概写好，让他们看到一个精彩电影剧本的未来，让他们感受到你有着很不错的文字功力，让他们不吝啬腰包里的钱和抽屉里的图章。何况在今天我们编剧往往不是先把剧本写出来再去寻找投资人和审查剧本的领导的，更多的情况是在我们真正写作剧本之前就已经开始和他们沟通了。我们需要先写出故事梗概打动他们，让投资公司先认可这样一个故事，和我们签约并付给一定数量的定金，接下来我们才会去创作剧本。领导对电影的立项政策也有了变化，过去是需要审查剧本的，但是广电总局在 2013 年 7 月 11 日发布的《国务院办公厅关于印发国家新闻出版广电总局主要职责内设机构和人员编制规定的通知》中明确规定"取消一般题材电影剧本审查，实行梗概公示"。也就是说，审查不再看剧本，而是改看故事梗概了。看来，能不能把你的构思写成一份精彩的故事梗概，已经成为编剧写作剧本前的一个重要环节了。

长片电影是这样，那么短片电影呢？其实故事梗概对于短片剧本是同样重要的。短片剧本尽管篇幅短了不少，可是剧作者也依然需要整理出自己的情节思路和基本结构来。何况，你终究是要去写长片剧本的。学习故事梗概写作是你必须经历的创作环节啊。

练习的内容和方法

那么，如何写作故事梗概呢？你如果翻阅一下北京电影学院文学系的毕业生们向学校提交的毕业剧本便知道这个问题的答案了。在那些装订精良的剧本之前一定会有两个文件：一个是对整个情节一句话的表述，一个便是详细的故事梗概。在这两份文件的后面才是剧本正文。显然，老师们会先看那个一句话的情节描述，然后再看细致的故事梗概，最后才去看剧本。而这两份文件都是故事梗概，不过一个格外精炼，另外一个则比较详尽。我们需要练习的内容就包括这两种文字，即一短一长两种故事梗概。

一、短故事梗概

一个不能明确自己将在剧本中写什么情节主体的人，在写作中一定会遇到结构上的麻烦。一个剧本无论它的情节如何复杂，细节如何色彩纷呈琳琅满目，但在大的情节框架上一定是十分单纯的。就像威廉·亚当斯先生在他的《电影制片手册》一书中所说的那样："好的构思内容往往是相当复杂的，但是在创作初期必须以最简单、最直接的语言阐明。做到这点并不容易，需要仔细考虑各个方面。"[①] "无论什么影片，都必须把影片

---

① ［美］威廉·亚当斯：《电影制片手册》，168 页，北京：中国电影出版社，1989。

的内容表达得简单扼要，立意清楚剧本才能顺利发展。我们可以把主题写成一两句话，如：'一个青年贪天之功，据为己有。他退役回乡，发现双亲不能接受他在外时思想感情上变化。'"①说来，这可不是他一个人别出心裁的要求，这实际上是所有从事电影创作和电影创作教学的有识之士的共识。

在教学实践中，我们发现，把情节大的框架归结为一句话似乎有些矫枉过正。真正有利于接下来剧本写作的还是用"三句话"的方式为最好。这小句话分别用来表达一条核心情节线的头、身、尾。这样更加有利于我们对这个情节脉络的总体把握。例如：写一对恋人，大学相恋，经历了生活的坎坷磨难，他们发现在现实面前自己先前编织的爱情童话如此不堪一击。于是，两个人改变了，隔阂了。在坚守和放弃之间，进行了无数次的纠结和努力。最终，他们的感情在一所房子面前彻底坍塌。如果我们把这则构思用一句话来概括，就可以表述为："一对蜗居年轻情侣的情感变化。"扩展为三句话就是："一对恋人毕业后在大城市里租了一间廉价的小房子，开始蜗居奋斗，他们发誓无论发生什么，都要坚守他们的爱情，永远不离不弃。两个人历经了人生的艰辛和坎坷之后，逐渐开始面对现实。最后，两人以分手告终。"这三句话，恰恰表述出了整个故事的头、身、尾，就为接下来写故事梗概打下了基础。

二、长故事梗概

下面是北京电影学院的一位同学所作的细致的故事梗概。这是一个"命题作文"的短片电影剧本。出资方出的题目是《青岛·海港·爱》。这位同学做出了这样的构思：

《青岛·海港·爱》的短故事梗概

小岛上生活的小学生小至的爸爸因为妻子的去世而沉沦，小至渴望着父爱。老师因小至和同学打架而家访，使小至的爸爸内心得到触动。在小至参加的"三人两腿"比赛之后，父子情感有了动人的改善。

---

① ［美］威廉·亚当斯：《电影制片手册》，168 页，北京：中国电影出版社，1989。

这个短故事梗概中包含着对未来剧本情节发展的头、身、尾的表述。下面是这个剧本细致的故事梗概：

《青岛·海港·爱》的长故事梗概

在青岛附近的某个小岛上有个小渔村。小至和他的爸爸就居住在那个美丽的小岛上。爸爸是渔民，小至是个三年级的小学生。他每天清晨都要和同样在岛上居住的其他同学一道乘船到对岸的陆地上去上学。小至的同学中有个胖胖的淘气鬼肥猫，他喜欢对小至搞一些恶作剧。小至在同学们面前有些自卑，这倒不仅仅是因为家里穷，他甚至没有一双像样的运动鞋，更是因为他的爸爸是一个小岛上有名的沉溺在酗酒中不能自拔的酒鬼。其实在过去，在小至的妈妈还活着的时候，小至的爸爸不是这样的。那个时候的他是一个能干的渔民，是一个远近闻名的捕鱼能手。那时候小至的家庭充满了令人羡慕的欢乐。可是，悲剧发生了，在一次小至爸爸出海捕鱼的时候，小至的妈妈突然得了急病，因为送医不及时，不幸去世了。小至的爸爸悲痛欲绝，悔恨万分。他恨自己为了捕鱼而没能及时回家，这才导致亲爱的妻子离开了他。于是从那以后，他一直在自责中生活，靠酗酒麻醉自己，无法从那种失去亲人的痛苦中挣脱出来……

小至害怕爸爸，他的心灵深处格外忧伤。在小朋友面前他很少说话，甚至很少露出笑脸来。他羡慕肥猫和别的小朋友，他们都有爸爸妈妈呵护，而自己却只有一个酒鬼爸爸。偏偏肥猫又总喜欢拿他开心。有一天，肥猫对着他唱《世上只有妈妈好》，小至终于忍不住，咬了肥猫一口。他们的班主任是一个挺随性和洒脱的男青年，他把两个孩子叫到了办公室，在问明情况以后就跟随他们坐摆渡船来到小岛上家访。

他先到了肥猫家，肥猫很害怕。可老师并没告状，而是和肥猫的爸爸妈妈随意地聊天儿。当他表示要去小至家家访的时候，肥猫的爸爸妈妈就提前告诫他，还是不去的好。老师还是去了，在那里他看见了小至的爸爸。后者正喝着闷酒，根本不理睬他。而小至却像个受惊的小老鼠一般躲在屋内肮脏破烂的小角落里。老师心中充满了对孩子的疼爱，他什么也没说，便从小至爸爸那里拿过酒来，也喝了起来。这倒使小至的爸爸有些诧异。他对老师的态度不再那样敌视。老师告诉小至爸爸，学校要和日本小学进行一种叫作"三人两脚"的比赛，所以不久会进行选拔，希望小至爸爸能支持自己儿子参加。可是小至的爸爸却闷头喝酒，没有回答他。

　　选拔赛开始了。学校里来了个年轻漂亮的日本女老师，她是来帮助小至他们进行训练的。小至他们都喜欢这个快乐的女老师，小至的班主任当然也不例外。不过小至在她的面前有些自卑，因为他没有鞋子，只好把脚悄悄藏起来。

　　比赛开始了，小至和肥猫他们被红色的绳子把各自的腿和身边人的腿绑在了一起，他们排成一排，站在了起跑线上。这个时候，几乎所有小朋友的家长们都在一旁站脚助威，只有小至的爸爸没有来。小至很是失望，他是多么期待父亲能来啊！

　　出发的枪声响了！小至他们便万众一心，高喊着号子，奋力地朝着前方冲去！尽管中途他们跌跌撞撞几乎失去了平衡，但最终还是冲到了终点！小至他们胜利了！家长们都欢呼了起来！日本女老师激动得眼泪都流了出来，她像个小孩子一样开心地跳着、笑着，拥抱着孩子们。在这欢乐的海洋里，只有小至有着一些失落的感觉，他一直没看到父亲的身影。然而就在这个时候，海上响起了汽笛声，在一条渔船上，小至看到了父亲！没错！就是他的父亲老至！他正在阳光下朝小至招手！

从这两个故事梗概中，我们可以得出故事梗概写作的一些规律来：

第一，先做出简短的故事梗概有利于对总体情节的把握，也有利于展开更加细致的构思。接着故事梗概保持在100个字以内为最好。

第二，有了大的情节框架之后，我们就可以进入对人物性格的构思这个环节，在人物性格构思完成后，我们便会得到更加细致的情节内容了。这个时候我们便可以把这些详细的内容用更加细致的梗概描写下来。一个长片电影的故事梗概通常在1000字到3000字之间为宜。也有的投资人希望你能写得更加仔细一些。不过一般不要超过 5000 字。而一个 30 分钟的短片剧本的详细的故事梗概保持在 1000 字左右就足够了。例如上面《青岛·海港·爱》的这个长故事梗概也不过 1200 多字。

第三，细致的长故事梗概既然承付着与制片人和审查剧本的领导沟通的作用，你就必须注意文采。不能像有些人那样草率地把它写成干干巴巴的"产品说明书"式的文字。你必须让人被你的梗概所吸引，充分感受到未来电影的魅力，而且让对方对你写作剧本的文字修养有足够的信任。因此把故事梗概写得漂亮一些是十分重要的。

第四，故事梗概不是剧本缩写，不用采取剧本的写作方式。从某种意义上说，它更像是一种用小说式的文笔写下来的电影故事。有些同学几乎是按照未来剧本发生的场景先后，过于细致地去写那些场面中的人物细节甚至对话，这是错误的。例如下面这个例子：

> 拍毕业照就意味着分离。简易搭建的台阶，手忙脚乱捣鼓器材的摄影师，在一旁指导位置排列的班主任，吵得翻了天的同学们。苏珊和莉莉手挽手站上台阶，顾北扶着兴奋不已的莉莉生怕她摔下去。莉莉一直担心自己的形象不够完美，拉着苏珊帮她调整发型，并从校服口袋里掏出小镜子理了理头发，然后站好。"一，二，三，茄子。"苏珊提起手下意识地想要挡脸。"那位同学手放下来，不要动。"摄影师对苏珊做个了手放下的手势。"一，二，三，好，换下一个班。"摄影师收起镜头，同学们就作鸟兽状散开了。"我刚是不是不要笑比较好，会不会拍得脸很大？"莉莉扯着顾北问。"你的脸本来就很大啊，有什么关系，又不是第一天出来吓人。"噗。苏珊不禁笑出了声。

这个梗概写得过分细致了，其中甚至包括了对话、动作和一些只有在写剧本的时候才会写到的细节。如果梗概这样写出来，不就跟剧本一样了？这样繁复的文字其实往往会喧宾夺主地淹没你故事梗概本来需要从大政方针上把握住的重点的东西。

第五，详细的故事梗概应该通过最简练的描写让人们知道未来的这个剧本的如下一些内容：

（1）主要情节的脉络；
（2）重要的场景中发生的重点场面；
（3）主要人物的性格；
（4）一些在剧作中十分重要的重点细节；
（5）未来剧本的风格味道和样式。

 作业

1. 分析一个短片构思。

2. 把自己的一个短片剧本构思分别写成一短一长两种故事梗概，简短的故事梗概保持在100字以内，细致的故事梗概为1000字左右。

第十章

分场提纲练习

练习的目的和意义

　　有一个同学迟迟不能完成他的剧本作业。老师问他遇到了什么难题，他苦恼地说："我一直在不停地修正我剧本的开头。每当我写了几场戏之后便会发现，这几场戏走向有些偏，于是我就又重新来过，但是在继续完成后面的几场之后，我便再次发现，依然是会走偏。于是再次重新来过。所以我总是进两步退一步地重复地写开头。这就是我直到现在不能完成这个剧本的原因。"老师很惊诧，问他："你难道没有分场提纲吗？"他回答说："有啊！"可他拿出的却是故事梗概。老师立刻明白了，这位同学分明是把故事梗概和分场提纲混为一谈了。他并没有分场提纲，是靠着故事梗概就开始剧本写作的。

　　在写好故事梗概之后，是不是就可以开始剧本写作了呢？当然不是。你想想看，故事梗概尽管描述了一个故事，但它却没有告诉作者应该从哪个场景开始写起，然后途中经过哪些个场景，直到最后那个场景的终结。也就是说，任何故事梗概都只有粗线条的情节演进，而没有精确的结构安排，没有一个个按照你叙事逻辑的顺序排列好的场景。而分场提纲就完全不同了，它细致地制定了从第一个场景到最后一个场景的所有场景的先后排列顺序，它规定了每个场景的核心内容。电影剧本是一个复杂的形象体系，一个长片电影剧本有着上百个场景的戏，其中包括着多少人物的情感纠葛和对话啊！我们进入这个形象体系便有如进入了一座风光旖旎的大山，如果没有一个先怎么走，再怎么走，最后来到什么地方的路线图，迷路便是难免的了。那位同学之所以在写剧本的时候总要不断地废弃他写下的开头重新来过，便是因为没有分场提纲这个路线图，所以在前进的途中才发现自己不断地偏航。而这种偏航，本来是应该在写作前就避免了的。

　　例如在前边第九章故事梗概练习中我们已经讲述过的那个小至的故

事，我们已经有了一个细致的故事梗概，难道凭借着这个故事梗概你便可以开始你的剧本写作了吗？请看——

  在青岛附近的某个小岛上有个小渔村。小至和他的爸爸就居住在那个美丽的小岛上。爸爸是渔民，小至是个三年级的小学生。他每天清晨都要和同样在岛上居住的其他同学一道乘船到对岸的陆地上去上学。小至的同学中有个胖胖的淘气鬼肥猫，他喜欢对小至搞一些恶作剧。小至在同学们面前有些自卑，这倒不仅仅是因为家里穷，他甚至没有一双像样的运动鞋，更是因为他的爸爸是一个小岛上有名的沉溺在酗酒中不能自拔的酒鬼。其实在过去，在小至的妈妈还活着的时候，小至的爸爸不是这样的。那个时候他是一个能干的渔民，是一个远近闻名的捕鱼能手。那时候小至的家庭充满了令人羡慕的欢乐。可是，悲剧发生了，在一次小至爸爸出海捕鱼的时候，小至的妈妈突然得了急病，因为送医不及时，不幸去世了。小至的爸爸悲痛欲绝，悔恨万分。他恨自己为了捕鱼而没能及时回家，这才导致亲爱的妻子离开了他。于是从那以后，他一直在自责中生活，靠酗酒麻醉自己，无法从那种失去亲人的痛苦中挣脱出来……

这个便是故事梗概开场的段落。在这个段落中，作者细致地介绍了故事发生的背景和前史，而这些内容在未来的剧本中是通过情节的进展逐步地表现出来的。这个梗概并没有按照场景的顺序来写。所以我们这个时候实际上并不知道这个故事是以怎么样的场景来开场的。面对这个故事梗概，你难道能不思考一下到底怎么开场吗？我们是把小至的妈妈去世作为开场呢，还是把小至在学校课堂上的情况作为开始？也许，我们应该先表现小至的酒鬼父亲，然后再表现他和儿子的情感纠葛？总之，如果在写作剧本之前你对这些没有足够的策划和安排，怎么可能不一次次地推倒重来呢？

请再看接下来这个段落——

  小至害怕爸爸，他的心灵深处格外忧伤。在小朋友面前他很少说话，甚至很少露出笑脸来。他羡慕肥猫和别的小朋友，他们都有爸爸妈妈呵护，而自己却只有一个酒鬼爸爸。偏偏肥猫又总喜欢拿他开心。有一天，肥猫对着他唱《世上只有妈妈好》，小至终于忍不住，咬了肥猫一口。

他们的班主任是一个挺随性和洒脱的男青年，他把两个孩子叫到了办公室，在问明情况以后就跟随他们坐摆渡船来到小岛上家访。

他先到了肥猫家，肥猫很害怕。可老师并没告状，而是和肥猫的爸爸妈妈随意地聊天儿。当他表示要去小至家家访的时候，肥猫的爸爸妈妈就提前告诫他，还是不去的好。老师还是去了，在那里他看见了小至的爸爸。后者正喝着闷酒，根本不理睬他。而小至却像个受惊的小老鼠一般躲在屋内肮脏破烂的小角落里。老师心中充满了对孩子的疼爱，他什么也没说，便从小至爸爸那里拿过酒来，也喝了起来。这倒使小至的爸爸有些诧异。他对老师的态度不再那样敌视。老师告诉小至爸爸，学校要和日本小学进行一种叫作"三人两脚"的比赛，所以不久会进行选拔，希望小至爸爸能支持自己儿子参加。可是小至的爸爸却闷头喝酒，没有回答他。

在上面这个段落中，我们可以看到围绕着小至和肥猫的冲突出现的三个重要的情节点：

（1）小至和肥猫发生了冲突；
（2）老师把孩子们叫到办公室了解了情况；
（3）老师来到小至的家里进行了家访。

可是，故事梗概却没告诉我们在写作剧本之前我们必须要决定的更多的东西，例如小至是在什么环境里和肥猫打起架来的，是操场？还是课堂？我们也不知道完成这个段落需要经过多少个场景。而在分场提纲中，这些必须事先策划好的内容都有了细致的安排。可以说，分场提纲把一个故事梗概转变成了按照时间顺序排列起来的场景，而且细致地策划了这些场景所要表现出来的核心内容。尽管分场提纲阶段还不是把所有场景内部的细节都做出了具体的规定，但它却已经规定了剧本的细致的结构，因此也就使作者对剧本的具体布局胸有成竹。

练习的内容和方法

下面我们先来看看《青岛·海港·爱》这个作品的分场提纲是什么样子的：

《青岛·海港·爱》分场提纲

1 渔村的早晨

环境：一种清新、美好的氛围。孩子们来找小至去上学。表现肥猫的性格。孩子们被小至爸爸吓跑了。

2 小至家

小至家的环境：很乱很脏，到处酒瓶。

表现小至和爸爸的关系以及小至性格。他拔腿就跑出家门。

3 码头

船快开了，小至跑来，大家喊加油，他最终跳上了船。孩子们嘻嘻哈哈互相打闹作一团。

肥猫向大家显摆自己的新鞋。小至把光脚藏了起来。

4 学校教室

小至和肥猫打架。

5 老师办公室

韩老师盘问两个孩子。表现韩老师有趣的性格，他竟然把孩子撕了的课本放到嘴里吃！

肥猫坏坏地唱"世上只有妈妈好"，小至咬他的胖胳膊一口就跑！

6 渔村的傍晚

渔村的傍晚格外美丽。

7 肥猫家

韩老师出现在肥猫家，他来家访。肥猫爸爸和妈妈争先给老师拍马屁，很可笑。看得出，他爸爸怕他妈妈，他妈妈还吃醋。这是一个让人快乐的家庭。韩老师没告状，表示要到小至家家访。肥猫的爸爸妈妈劝他别去。留下个悬念。

8 小至家

韩老师到小至家。小至很紧张。他爸爸在喝酒,不理睬韩老师。

他爸爸把酒盅推到老师面前,老师一口干了。

韩老师放下一双给小至的新鞋,告辞了。

老至看那双鞋,把它放到儿子的桌子上,走了。

9 海滩边,第二天

这是一个欢乐的场面。日本女老师来了,大家都很兴奋。韩老师很喜欢这女老师,孩子们也很喜欢她。

女老师指导孩子们。

肥猫太胖,很笨。

10 运动场

比赛的高潮戏。赛前紧张的氛围,热闹的场面。肥猫爸妈和很多孩子的家长站脚助威来了,他们对胖儿子百般呵护。小至期待着爸爸出现,最后他很失落。

比赛开始,先是别的学校上场,作小至他们赛前的铺垫,制造紧张的气氛。

韩老师和小至他们看着人家比赛,格外紧张。

终于该小至他们上场了。小至突然在人群里发现了自己的爸爸,他格外激动。

发令枪响了,比赛开始。

小至他们差点摔倒,观众惊叫。

他们终于到达终点。获得了第一!人们欢呼起来!孩子们格外开心!韩老师和女老师拥抱。肥猫爸爸妈妈激动地抱胖儿子。

小至却没找到爸爸,他爸爸不见了。

11 渔村码头

家长们送孩子们去日本。别的孩子都有家长送行,小至爸爸却没来。

12 大海里的船上

突然,小至发现了父亲的船!他父亲在那船上对他挥手!小至流下了眼泪。

也许有些同学在最初看到分场提纲的时候会有些惊讶，从它的文字数量上看，它甚至比故事梗概还少。不过你如果细致地分析一下，便会发现，它实际上比编剧写下故事梗概的时候要思考得细致的多。

第一，在分场提纲里，我们必须写下每场戏的场景序列号和场景发生的地点。例如："10　运动场"。这个时候，作者所面对的一个艰巨的任务就是把未来电影的场景按照他的叙事逻辑和时间顺序从场景"1"排列到最后影片终结的那个场景。我们常说，电影是一种时空艺术，然而实际上对于电影说来，更本质的却是时间。更加准确的说法应该是"电影是一种通过空间形式表现出来的时间艺术"，换句话也可以说"电影是一种按照叙事逻辑所决定的时间顺序将空间内容排列起来的艺术"。从表面上，观众看到的是一个个前后衔接的场景，但是那些场景的前后顺序是不可以随意打乱的，当那些场景按照作者的规定依次展现出来之后，我们的观众便发现剧情发生了时间上的变化。场景是可视的，时间是不可视的，所以有些人常常会过分夸大空间在电影中的意义，然而，最终场景排列的依据才是最最重要的。因此，分场提纲不仅要决定让所有的戏剧动作在什么具体的场景中展开，更要有一个结构逻辑地让这些场景按照这个逻辑的时间顺序来展开。

第二，我们得明确的是，分场提纲不是为了给别人看的，它是作者本人写作剧本时候的一个"路线图"，所以作者往往在每个场景号的后面的内容中写下只言片语用来提醒自己在这场戏中会写一些什么。因此，这些文字不过是一些对作者的提醒，这就好比是你为自己在行路之前在地图上做过的一些标记。这样的文字当然不会追求什么文采，它们有的时候甚至只是一些关键字。例如"4　学校教室"这一场景中，作者只写下"小至和肥猫打架"这七个字，这场戏其实真正写来应该会花费不少的笔墨，观众必须知道他们俩打架是由什么事情引起的，然后会看到打架时候的状况。在实际的定稿剧本中，这场戏作者是花费了1400字才表现出来的。由于作者在写提纲的时候有把握知道自己会如何具体地处理这场戏，他就没必要把那些细致的过程都写在分场提纲里了。

说来滑稽，有些对影片投资的文化商人们甚至连分场提纲是什么都不知道，在让作者写出梗概之后还要作者把分场提纲也提交给他们看。问题是，如果作者把自己用的分场提纲提交过去，他们肯定会看得一头雾水。可是如果作者把分场提纲写得过于仔细，让他们看得懂，那岂不是提前就把剧本写完了？

第三，那么是不是在分场提纲中就一点点细节或者对话都不能写？也不是那么绝对，这要看作者的需要。请看上面这个提纲，作者在第"5"、"7"、"8"、"10"这几个场景中写下的内容文字比较多，原因是这几个场景里的戏是这部作品的重场戏，比那些"6、渔村的傍晚：渔村的傍晚格外美丽"这样的过场戏要重要得多。有的时候作者为了提醒自己不要忘记他事先构思好的那些重要的细节和关键性的对话，也会把它们在分场提纲中提示出来。例如在场景"5"中，作者写道：老师"竟然把孩子撕了的课本放到嘴里吃！肥猫坏坏地唱'世上只有妈妈好'，小至咬他的胖胳膊一口就跑！"这些就是作者提示自己的重点细节。

第四，说来，每一场戏对于作者来说都不是随意安排的，它们都肩负作者的某些创作动机。有时候那些创作动机作者是记住了的，但有时候他们却怕自己到真正写作剧本的时候反而把重要的创作动机忽视了，这个时候他们便会在分场提纲中把那些创作动机用最直接和最简练的文字提示给自己。例如上面这分场提纲中的"1　渔村的早晨"这场景中，作者写道："环境。一种清新、美好的氛围。孩子们来找小至去上学。表现肥猫的性格。孩子们被小至爸爸吓跑了。"在这里，"一种清新、美好的氛围"和"表现肥猫的性格"便是作者对自己写这场戏某些写作目的的提示。再例如第"10"个场景中，作者写道："比赛的高潮戏。赛前紧张的氛围，热闹的场面。"显然，作者在这里是提醒自己，这场戏是本剧高潮了，需要花费更多的篇幅来浓墨重彩地表现它。

第五，你最终会发现，无论你的分场提纲开列和策划得多么细致，你最终完成的电影剧本中的场景数量也会比你分场提纲中的多出很多。在实际创作中，完成剧本的场景数超过分场提纲的三分之一甚至一半的情况都不少见。例如眼下《青岛·海港·爱》这部短片剧本，它的完成剧本中的场景数实际上是22场，而提纲中却只有12个场景，多出几乎一倍来。这个事实告诉我们,在制定分场提纲的时候,你不必过分地追求细致,因为创作是需要即兴的,离开临场发挥,一个作品肯定会写得缺乏灵动,干干巴巴。你就会像被分场提纲捆绑住了一样,失去了创作的冲动和激情。因此,留下一些余地来让自己在写作的时候随心所欲地即兴表现是十分重要的。

第六,分场提纲是作者对作品结构的初步设计和安排,因此其中有着作者对材料的布局。在前边的第二章的练习中我们讲过,剧作的情节是必然有着"头"、"身"、"尾"这三部分的。而且,在"身"的部分里,还包含着作品的高潮。有人为了更加突出高潮的重要性,把它单独地提出来,就将作品的布局分成了"启"、"承"、"转"、"合"这样四个部分。其中"启"是"开端部","承"为"发展部","转"乃"高潮部","合"则为"结局部"。我们不打算在这些解释作品布局的方法的优劣问题上多解释一些什么,你习惯怎么称呼就怎么称呼好了,关键是你需要清楚:一个剧作的情节是必然有上述布局的。一个好的作者,必然在写作剧本之前的分场提纲制定阶段就已经将情节的布局搞定,这个工作是不能放到写作的时候才去考虑的。例如,我们不能在写作的时候不知道自己哪些地方是需要提前为后面的情节作铺垫,而哪一场戏是你的重场戏,你的高潮场面在哪里。因此,所有这些尽管没有在分场提纲中明确地标示出来,但作者是必须清楚的。

 作业

把你创作出的一个短片电影剧本的故事梗概写成分场提纲。

第十一章

剧本写作练习

练习的目的和意义

经过前边一系列练习,我们现在终于可以进入最后一步——剧本写作啦!现在我们面临的任务便是把分场提纲变成真正的电影剧本了。也许有同学会想:这难道还有什么困难的吗?已经有了故事梗概,然后又有了分场提纲这个写剧本的"路线图",剩下的还不就应该是不停地写吗?

然而,情况会比你想象的复杂得多。你在写作分场提纲的时候不可能把每个场景中具体的环境、动作和对话等所有的细节都构思得清清楚楚了然于胸。这个时候你还只是朦胧地看到了你的作品的未来,不过是对自己完成这个剧本有了比较大的把握而已。这就好比你已经在一块玉石的石料上画出了一个即将雕刻出来的"天女散花",这个时候的你不仅已经知道了作品所要表现的内容,而且知道了它的大致架构。然而作品能否成功,这个时候恐怕就要看你的雕工了。你要将那些仙女的飘带雕刻得柔顺且具有动感,还要用高超的技艺来雕刻出仙女的纤纤玉手、婀娜多姿的细腰和灵动的眼神。何况在雕刻的时候石料还会出现你意想不到的情况,例如出现了一道裂缝或者一小块杂色石斑。这个时候就要看你即兴创作的能力,你得用技巧来度过那些难点,甚至能灵机一动地把石斑雕刻成一朵小花。

情同此理,剧本的写作是一个十分感性和灵动的过程。这是一个体现你剧作技巧的时候,同样的构思由不同功力的人来表述,结果恐怕会是大大不一样的,原因就是他们在剧作技巧方面有着太大的差异。例如,有的剧作者会把本来不用说话的内容写出了大量无聊的对话,而真正应该写对话的时候,他写下的人物语言又那么没有个性色彩;本来应该把情节设计成悬念的,可是一开始就露了底儿,使剧情变得索然无味;有些地方如果用平行剪接的方式把两个平行的动作交叉表现出来会使作品更加有节奏的紧张感和弹性，可这位作者却分别来写，讲完一个动作再去讲另外一个动作，使得剧本的情节显得冗长沉闷；有些场景之间本来需要有空镜头来过渡一下的，可作者没这个意识，他直观按照分场提纲的排列把剧本写了下去，使得场景之间的过渡显得那么不自然；该用动作来揭示人物的情感了，有些作者便毫无分寸地让人物吵架或者大哭，完全失去了情感表达的分寸和真实，令观众无法感动；也有一些作者只会机械地按照分场提纲把剧本拉下来，却一点儿也不顾及情节发展的节奏感，使剧本没有轻重缓急，该舒缓的地方慢不下来，该紧张的地方紧张不起来，这样的作品完全变成了节奏呆板的情节流水账！

技巧啊！同学们！技巧在这个时候是多么重要啊！

练习的内容和方法

让我们还是以《青岛·海港·爱》为例吧。前边两个练习中，我们已经完成了对它的故事梗概和分场提纲的解析。在这两份文件中，我们能够看到的是作者对情节的表述和对场景的依序排列，我们看不到的是作者对布局和整体结构的策划和把握。其实，这个时候作者已经把布局问题考虑清楚并体现在故事梗概和分场提纲里了。请看：

布局	故事梗概	分场提纲
开端	在青岛附近的某个小岛上有个小渔村。小至和他的爸爸就居住在那个美丽的小岛上。爸爸是渔民，小至是个三年级的小学生。他每天清晨都要和同样在岛上居住的其他同学一道乘船到对岸的陆地上去上学。小至的同学中有个胖胖的淘气鬼肥猫，他喜欢对小至搞一些恶作剧。小至在同学们面前有些自卑，这倒不仅仅是因为家里穷，他甚至没有一双像样的运动鞋，更是因为他的爸爸是一个小岛上有名的沉溺在酗酒中不能自拔的酒鬼。其实在过去，在小至的妈妈还活着的时候，小	1 渔村的早晨 环境。一种清新、美好的氛围。孩子们来找小至去上学。表现肥猫的性格。孩子们被小至爸爸吓跑了。 2 小至家 小至家的环境：很乱和脏，到处酒瓶。 表现小至和爸爸的关系以及小至性格。他拔腿就跑出家门。

布局	故事梗概	分场提纲
	至的爸爸不是这样的。那个时候的他是一个能干的渔民，是一个远近闻名的捕鱼能手。那时候小至的家庭充满了令人羡慕的欢乐。可是，悲剧发生了，在一次小至爸爸出海捕鱼的时候，小至的妈妈却突然得了急病，因为送医不及时，不幸去世了。小至的爸爸悲痛欲绝，悔恨万分。他恨自己为了捕鱼而没能及时回家，这才导致亲爱的妻子离开了他。于是从那以后，他一直在自责中生活，靠酗酒麻痹自己，无法从那种失去亲人的痛苦中挣脱出来…… 小至害怕爸爸，他的心灵深处格外忧伤。在小朋友面前他很少说话，甚至很少露出笑脸来。他羡慕肥猫和别的小朋友，他们都有爸爸妈妈呵护，而自己却只有一个酒鬼爸爸。偏偏肥猫又总喜欢拿他开心。	3 码头 船快开了，小至跑来，大家喊加油，他最终跳上了船。孩子们嘻嘻哈哈互相打闹作一团。 肥猫向大家显摆自己的新鞋。小至把光脚藏了起来。
发展	有一天，肥猫对着他唱《世上只有妈妈好》，小至终于忍不住，咬了肥猫一口。他们的班主任是一个挺随性和洒脱的男青年，他把两个孩子叫到了办公室，在问明情况以后就跟随他们坐摆渡船来到小岛上家访。他先到了肥猫家，肥猫很害怕。可老师并没告状，而是和肥猫的爸爸妈妈随意地聊天儿。当他表示要去小至家家访的时候，肥猫的爸爸妈妈就提前告诫他，还是不去的好。老师还是去了，在那里他看见了小至的爸爸。后者正喝着闷酒，根本不理睬他。而小至却像个受惊的小老鼠一般躲在屋内肮脏破烂的小角落里。老师心中充满了对孩子的疼爱，他什么也没说，便从小至爸爸那里拿过酒来，也喝了起来。这倒使小至的爸爸有些诧异。他对老师的态度不再那样敌视。老师告诉小至爸爸，学校要和日本小学进行一种叫做"三人两脚"的比赛，所以不久会进行选拔，希望小至爸爸能支持	4 学校教室 小至和肥猫打架。 5 老师办公室 韩老师盘问两个孩子。表现韩老师有趣的性格，他竟然把孩子撕了的课本放到嘴里吃！ 肥猫坏坏地唱"世上只有妈妈好"，小至咬他的胖胳膊一口就跑！ 6 渔村的傍晚 渔村的傍晚格外美丽。 7 肥猫家 韩老师出现在肥猫家，他来家访。肥猫爸爸和妈妈争先给老师拍马屁，很可笑。看得出，他爸爸怕他妈妈，他

布局	故事梗概	分场提纲
	自己儿子参加。可是小至的爸爸却闷头喝酒，没有回答他。	妈妈还吃醋，这是一个让人快乐的家庭。韩老师没告状。表示要到小至家家访。肥猫的爸爸妈妈劝他别去，留下个悬念。
		8 小至家 韩老师到小至家。小至很紧张。他爸爸在喝酒，不理睬韩老师。 他爸爸把酒盅推到老师面前，老师一口干了。 韩老师放下一双给小至的新鞋，告辞了。 老至看那双鞋，把它放到儿子的桌子上，走了。
高潮	选拔赛开始了。学校里来了个年轻漂亮的日本女老师，她是来帮助小至他们进行训练的。小至他们都喜欢这个快乐的女老师，小至的班主任当然也不例外。不过小至在她的面前有些自卑，因为他没有鞋子，只好把脚悄悄藏起来。 比赛开始了，小至和肥猫他们被红色的绳子把各自的腿和身边人的腿绑在了一起，他们排成一排，站在了起跑线上。这个时候，几乎所有小朋友的家长们都在一旁站脚助威，只有小至的爸爸没有来。小至很是失望，他是多么期待父亲能来啊！ 出发的枪声响了！小至他们便万众一心，高喊着号子，奋力地朝着前方冲去！尽管中途他们跌跌撞撞几乎失去了平衡，但最终还是冲到了终点！小至他们胜利了！家长们都欢呼了起来！日本女老师激动得眼泪都流了出来，她像个小孩子一样开心地跳着、笑着，拥抱着孩子们。	**9 海滩边，第二天** 这是一个欢乐的场面。日本女老师来了，大家都很兴奋。韩老师很喜欢这女老师，孩子们也很喜欢她。女老师指导孩子们。 肥猫太胖，很笨。 **10 运动场** 比赛的高潮戏。赛前紧张的氛围，热闹的场面。肥猫爸妈和很多孩子的家长站脚助威来了，他们对胖儿子百般呵护。小至期待着爸爸出现，最后他很失落。 比赛开始，先是别的学校上场，作小至他们赛前的铺垫，制造紧张的气氛。 韩老师和小至他们看着人

布局	故事梗概	分场提纲
		家比赛，格外紧张。 终于该小至他们上场了。小至突然在人群里发现了自己的爸爸，他格外激动。 发令枪响了，比赛开始。 小至他们差点摔倒，观众惊叫。 他们终于到达终点，获得了第一！人们欢呼起来！孩子们格外开心！韩老师和女老师拥抱。肥猫爸爸妈妈激动地抱胖儿子。 小至却没找到爸爸，他爸爸不见了。
结局	在这欢乐的海洋里，只有小至有着一些失落的感觉，他一直没看到父亲的身影。然而就在这个时候，海上响起了汽笛声，在一条渔船上，小至看到了父亲！没错！就是他的父亲老至！他正在阳光下朝小至招手。	11　渔村码头 家长们送孩子们去日本。别的孩子都有家长送行，小至爸爸却没来。 12　大海里的船上 突然，小至发现了父亲的船！他父亲在那船上对他挥手！小至流下了眼泪。

从上面这个表格中故事梗概与分场提纲在布局上的对比可以看出，作者实际上在写作它们的时候就已经在内心十分清楚地考虑过整部作品的布局了。这个剧本的情节沿着父子关系的线，表现了这条线的发展历程。同时也写了两条比较明显的副线：小至与肥猫的关系线和父亲内心的变化线。这两条副线是具有推进那条父子情感关系之主线向前发展的作用的，因此它们丰富着这个作品，使得它更加有血肉，也更加情趣。

显然，在写作之前把自己未来剧本的结构布局搞清楚是格外重要的。不然你的剧本尽管写下了洋洋万言，但却会变得头重脚轻，不该多啰嗦的写了一堆，而必须浓墨重彩的部分却来了个一笔带过。这类毛病是初学者经常会出现的。

在布局方面心中有数之后，你就可以进入具体的剧本写作了。

让我们先来看看《青岛·海港·爱》是如何把分场提纲扩充和发展成剧本的。在这里，先声明一点：为了分析得更加清楚，使同学们在阅读剧本的同时能够及时地看到对那些写作细节中出现的情况的分析，我们采取了将剧本和分析文字分栏对照式的方式。

剧本	分析
1 渔港 清晨 外景 大海涌动着浪潮，海浪拍打着停泊在海边的渔船们，发出有节奏的声响。 无数的桅杆安逸地晃动着。 海鸥"呀呀"的叫声更使人感受到清晨大海的安谧。 太阳渐渐出来了，海面上泛着金光。 渔村显得分外安静，晒在各家门口的渔网随着海风轻轻地舞动。 远远传来轮船悠远绵长的汽笛声。 卧在地上的看门狗一下子竖起耳朵，站得直直的，冲着远远海面上轮船的方向，"汪汪"地使劲叫了起来。 "吱呀"一声开门的声音，看门狗马上不叫了，摇着尾巴等待着主人。 新的一天开始了。	剧本开端这5个场景的戏是这个剧本的"头"，也就是它的"开端部"，应该说这个开场戏还是设计得比较漂亮的。在这个几乎没有什么台词的段落中，我们最先看到了一个美丽的小岛。我们看到了作者良好的画面造型意识。这段文字里包含着声、光、色所有视听元素的有机合作，在我们面前展开了一幅诗情画意的小岛景观。从而一开篇便创造出了这部作品的温馨优美的抒情氛围。
2 渔村 清晨 外景 清晨的渔村充满生气，鸡鸣狗吠，轮船的汽笛声也变得短促有力，充满了干劲。 渔村的小巷弯弯曲曲。石头铺的小巷伸展到村子的深处。 那些渔民们踏着黑色的大胶鞋踩在黑色的石头小路上朝码头走去，早晨的阳光在他们的身后拉长了影子。 几个背着书包的小孩子跑来，为首的是长得像球一样的肥猫。他们跑到高处站下，有些踯躅地看着下面一所低矮破旧的房子的屋顶。那里静静的没有声息。	作者注意到环境氛围的动静对比。上一场戏从静开始，到了这一场便逐渐使气氛活跃欢快起来，这是内容带来的，它就好像是孩子们的性格那样，充满了早晨的阳光和欢乐。孩子们的行为使剧情在开场

剧本	分析
肥猫看了看身边的小伙伴们。把眼睛定在一个身材瘦小的孩子身上。 肥猫：你喊！ 小男孩吓得朝后退。 肥猫：那就一起喊！ 大家很严重地点头。 肥猫：一、二！ 大家：（大喊）小——至——！ 对面房子那边没动静。 肥猫：小——至——！ 突然，从父里走出一个蓬头垢面的汉子，他便是小至的父亲。他瞪着发红的眼睛，突然朝孩子们扔出了一只破鞋！ 孩子们"哇——"作鸟兽散了。	不久就出现了悬念：他们究竟为什么这么紧张？是什么使得他们如此害怕？观众带着这样的问题，必然对即将发生的情况产生某种期待。在这里，作者完成了分场提纲中"表现肥猫的性格"的设想。显然，肥猫是一个孩子头儿，他比较胆大，也会比别的孩子容易惹事儿。 最后那只扔出来的鞋是一个很有创意的细节，小至父亲刚刚出现就会给观众深刻的印象！
3　小至家　清晨　内景 小至爸爸摇摇晃晃走进屋来，小至已经背起了书包，很有几分惧怕地看着父亲，用余光装作不在意地偷偷瞅了一眼父亲。 父亲经过他的身边，看了他一眼，什么也没说，踢倒了地上的酒瓶，就又栽倒在床上，睡了…… 小至看着爸爸，突然拔腿就朝外跑去，他光着的小脚丫特别显眼。	这场戏是小至的第一次出现，我们立刻看到了他和父亲的情感关系的起点是什么状况的。要知道，这部作品的核心情节便是写父子二人情感关系的，所以作者会在这里迅速地"破题"。请注意这场戏中作者对动和静对比的处理。
4　码头　清晨　外景 小至家住的是一个小岛，他们的小学校在对面的陆地上，所以他们每天要乘坐小船才能到对面去上学。 此刻，孩子们和早晨赶集的妇女们已经上了小船。船工解缆，发动了机器。 这时，小至赶来了，他跑得气喘吁吁。 肥猫眼睛一亮。 肥猫：小至！ 孩子们：小至！快！快点啊！ 小至紧绷着嘴，奋力地跑。最终跳上了船。	从这第4场到第16场是本剧的发展部。作者用这样的方法向观众交代了小至家是位于一个小岛上的。他们上学需要乘船，这是一个很有地方环境特色的设计。

剧本	分析

5　轮渡　清晨　外

轮渡上，孩子们嘻嘻哈哈互相打闹作一团。

肥猫把脚上的新运动鞋亮给伙伴们看。

肥猫：耐克！

小至把自己的光脚向后藏……

最后一个细节显示出小至的生活状况。

6　学校操场　上午　外景

小学生们十分庄严地在学校操场上列队。每个人都十分庄严的样子，虽然队列有些歪歪扭扭，可是他们一个个都把身子挺得直直的。

肥猫更是把胸脯挺得老高。

他们的韩老师——一个三十出头的男青年——站在他们面前。韩老师瘦瘦高高的，像个衣服架子似的套着件白衬衣。

韩老师看着面前一张张过分严肃的小脸，尤其看到肥猫那个夸张的样子，还故意忍住笑装作更严肃的样子，走到肥猫面前，用手拍了拍他的胸脯。

韩老师使劲地吸了下鼻子，孩子便知道他要说话了。因为韩老师说话的时候总爱先吸一下鼻子，而且每句话之间都会这样。

韩老师：一会儿，日本老师就要来了。你们都听好了，谁也不许给我胡闹。谁胡闹就不让他去日本参加比赛！听见没？

孩子们：听——见——啦——！

肥猫扭动着身子，显得有些不安，眉头紧锁得有些夸张。

韩老师：你在干啥？

肥猫：（忸怩着）我想撒尿……

韩老师：（用力一吸鼻子）快去！

肥猫撒腿就跑了。

校长陪着一个戴着黑边墨镜、身穿套装、头发盘在脑后的松子老师走来了，他们通过一个年轻的男翻译说着话。松子老师的高跟鞋在水泥地上啪嗒啪嗒直响。

韩老师将手朝下用力一劈。

孩子们突然用力地鼓起掌来，第一排的孩子们还拿出小旗帜有节奏地挥舞着。大家机械地齐呼——

剧本的情节进展应该说还是比较干净利索的。在这个场景中，我们马上就明白小至他们即将参加的比赛这一情况，并且巧妙地将"三人两脚"比赛的内容和方式形象地交代了出来。作者对这一情况的交代采取了轻喜剧的风格笔调，保持着从一开始便建立起来的欢乐清澈的叙事味道。请注意作品对韩老师性格的勾勒，看得出，他是一个十分随和宽容且喜欢他的学生的人，多少有些不拘小节。在原分场提纲中，松子老师是在后面才出场的，可是在剧本中却提前出现了。这种改动便是作者写作时候的灵机一动，因为放到后面再出现会使得这一情节显得人为痕迹较重，不自然。松子老师的提前出现也增添了这场戏的情趣，为后面暗示韩老师对松子老师的那种内心的好感也做好了铺垫。

剧本	分析
孩子们：欢迎欢迎！欢迎欢迎欢迎！ 松子老师先是被吓了一跳，但她马上恢复镇定，冲着孩子们鞠了一躬，然后微笑着用生硬的中国话说："你们好！"这时肥猫飞快地跑了回来，用力把小至挤向一边。 肥猫：（没头没脑地一个人喊）欢迎欢迎欢迎！ 大家都笑了。孩子们都朝肥猫那边看去。 松子老师又深深地鞠躬表示谢意。 松子老师在队列的中间踱着步子，高跟鞋有节奏地发出和水泥地碰撞的声音。 松子老师一边走，一边指向她挑选出来的孩子。那些被他指定的孩子们显得很开心，他们出列站到了队伍的最前面。 肥猫把背绷得直直的，胸挺得更高了，紧张地等待着。 小至多少有些自卑，不过也把身子站得很直。他的光脚丫呈八字，很局促地蜷起了脚趾头。 肥猫被选中了，他得意地走出队列来。 松子老师从小至面前走过，小至显得很伤心，他低下了头。 松子老师又回过身来，看着小至光着的脚，她看着小至，拍了拍小至的肩膀。她让小至出列。 小至嘴一咧，笑了。 男翻译小声地对校长和韩老师介绍着。 男翻译：松子老师说要先选择一些孩子来作示范。这不是最后要参加比赛的人。 校长：喔喔！ 韩老师用力地吸了下鼻子。 韩老师：怎么个赛法啊？ 两条被红色的绳子绑在一起的孩子的腿的特写。镜头拉开，我们看到一排孩子的腿都两个两个地用红色的绳子绑着，不过这两条腿是自己的一条腿和旁边孩子的一条腿。孩子们的双手都架在旁边同学的肩膀上。 男翻译：（画外音）所有参赛的队员都要把腿两个两个地绑在一起……比赛中间不能解开绳子…… 孩子们已经作出了奔跑的准备，个个紧张地睁大了眼睛。	请注意，作者在这里继续展开了小至与肥猫的冲突，不过用了一笔带过的方式，并没有用过多的笔墨来展示他们的冲突。如果把小至和肥猫的冲突正面地表现出来，必然破坏作品的整体风格味道。何况，这条作为副线存在的关系并非是这部作品的主线，不能让它喧宾夺主。当然，通过这个比赛训练中出现的失误，也为最后在高潮段落中即将进行的正式比赛中出现的危机做出了很好的铺垫。

第十一章　剧本写作练习

剧本	分析
肥猫和小至靠在一起。肥猫好像很不喜欢和小至在一起似的，他用力地扯了扯自己和小至绑在一起的腿。 男翻译：（画外音）大家要这样互相绑着腿，朝着终点快跑。松子老师说，这个看起来很容易，其实很难，队伍中只要有一个人出错就会影响整个队伍。 松子老师把哨子放到了嘴边，手中高高举起了三角小旗。 孩子们鼓起了腮帮子，拱着身子，等待着。 松子老师把小旗朝下一劈，用力吹响了哨子。 孩子们疯狂地冲了出去。 可是他们刚跑了没两步，队伍就乱了，整个队伍分作几段开始往下倒，孩子们一个带一个地跌作一团。大家互相抱怨着。 肥猫和小至怒目相视，肥猫用力地推了小至一把，小至也使劲地推了一把肥猫。	
7　老师办公室　日　内景	
窗外的树一阵风吹过，树叶哗哗啦啦的直响。 韩老师用力地吸了一下鼻子。 肥猫和小至低头站在他的面前。肥猫的衣服上全是黑手爪印，小至的衣服也被拽开了扣子。 肥猫用手指挖着鼻子，偷偷看了身边的小至一眼。小至只是低头看着自己的光脚。旁边肥猫的新鞋上也被踩上了脚印。 韩老师：说！谁先动的手？ 两人都不说话。 韩老师：（看着肥猫）我看你还挺能的啊！（把一个被撕扯得不成样子的课本扔在桌子上）撕！撕书谁不会啊？你看我撕！ 韩老师拿起书来开始撕。 两个孩子都很紧张。 韩老师开始把撕下的书放到嘴里吃起来了，（假吃啦，其实他是想逗两个人玩的。）可他这奇怪的举动让两个人害怕极了，他俩都睁大了眼睛，肥猫更是紧张得满头是汗地看着老师。 肥猫：（带着哭腔）老师我不撕了！	场景的转换，实现了对不必要表现的那些过程（小至与肥猫打架）的省略。这体现出了作者对蒙太奇叙事方式的把握。蒙太奇手段使电影编剧有意对时空进行选择，从而使叙事变得更加有弹性和节奏感。腾出更多的篇幅来表现最需要展现的内容。 韩老师的性格更加给我们留下了有趣的印象。他吃书的行为格外独特而富有创意。看来他不是普通意义上的老师，而是一个有着独特个性的老师。他知道孩子们的心理，即便是在他批评孩子们

剧本	分析
韩老师：那你为什么撕？ 肥猫：他打我。 韩老师：（问小至）你为什么打他？ 小至的两只光脚交叠在一起，上头那只在揉搓下面那只。 小至死不吭声，头也不抬，就盯着自己的脚。 韩老师看了看他的光脚，表情放松下来，眼神也柔和了一些。 韩老师：（对肥猫）那你说！ 肥猫挖着鼻孔笑。 韩老师：再笑船就没了，看你怎么回家。 外边果然传来汽笛声。 肥猫：我就唱歌来着…… 韩老师：（多少有些诧异）唱歌？什么歌？ 肥猫：（故意不说清楚）#￥%&@$…… 韩老师：什么？ 肥猫：世上只有妈妈好…… 韩老师：（不解）为什么唱这个？ 肥猫：（歪着头坏笑）他爸那个……嘿嘿……我爸说，他妈…… 小至突然抱起肥猫的肉胳膊，对着上面狠狠地咬了下去，疼得肥猫大叫起来。 韩老师还没来得及作出反应，小至就撒腿跑了！ 肥猫哎呦哎呦地叫着。 韩老师扯起肥猫的胳膊，看着上面红红的牙印，假装"呸"了一口唾沫，"好了，不疼了"。说完，韩老师大笑起来。	的时候也微妙地流露出对他们的喜爱来。三个人物行为细节所流露出的喜剧性表现出作者在把握总体风格时候的能力。
8 渔村 傍晚 外景 太阳已经下山了，可是天空依旧明亮，海面上点点归来的渔船。 正是渔舟唱晚时辰，悠长的汽笛声里，有人唱起扳船的歌号，和着海浪声很是悠闲…… 天渐渐暗下来。太阳在远远的海岸线上渐渐地落下去。 退潮的海滩上星星点点的贝壳，没来得及回到海里的小鱼在沙滩上蹦来蹦去，一个大浪过来，把正在折腾	这是一个过渡性的场景，如果没有这个场景，会使得韩老师突然出现在小岛上进行家访的行为显得仓促且不自然。在这个场景里，上一场戏的节奏有了变换，舒缓下来，进入一种抒情的情绪。

剧本	分析
的小鱼重新卷到海里去了。 渔村已经亮灯,星星点点映照着海湾。 渔民收工,三三两两扛着渔网。 渔村传出嗷嗷的狗叫声,中间还夹杂着一两声妈妈呼喊玩得忘了时间的孩子的声音,村子的上空,弥漫起炊烟…… **9 肥猫家 傍晚 内景** 一个精瘦的汉子呲着大牙,一副献媚的神态对着镜头嘿嘿地乐,白色的背心紧紧地塞在大裤衩的腰里,他便是肥猫的爸爸。 猫爸爸:哎呀,韩老师啊,早就听我家小子说起你来,你是我家小猫儿的偶(他给读作 nou 的三声)像啊!我家小猫儿一回家就说哈,俺们老师可好啦,大学毕业生,会说七八国的外国话! 韩老师坐在肥猫爸爸面前的小马扎上,喝着茶,抿嘴笑,他的衬衣的扣子已经解开了,里面 T 恤上的卡通图案露出来。猫妈妈也是个精瘦精瘦的女人,嘴上涂着夸张的口红,扭着身子过来为韩老师倒茶。 猫妈妈:可不是,这孩子可崇拜韩老师啦,一天到晚韩老师长,韩老师短的!我就说哪天请你们韩老师来家里坐坐! 韩老师笑着不说话,光喝茶。 猫爸爸:我就说哈,那敢情好了!你小子就是逮(读 dei 的三声)着了哈!赶我上学的时候,他妈了个腿(读 tei 的三声)的,赶上个女老师,瘦得跟那白骨精一个色(读 sai 的三声)哈,一天到晚上我家告状,一告状俺爹就打咱一顿,一告状俺爹就打咱一顿! 猫妈妈:打你,打你是活该!你喜欢胖的,你倒是找一个胖的回来让我看看啊! 猫爸爸:你看你,你看你,当着老师……越来越没个样儿了! 肥猫在一边装模作样地做作业,不时地偷听,还偷偷笑,桌子上除了课本和作业本,还堆着各种零食。 韩老师也在笑。	本来小孩子的打闹也没有多么严重啊! 从这个场景的戏中我们可以看到作者在人物性格塑造上的自觉意识。显然,肥猫父母二人的性格作者是进行了认真的思考和设计的。猫爸爸和猫妈妈尽管都有些阿谀奉承,但是两人的性格却又格外地不同。猫爸爸多少有些惧内,猫妈妈却是一个喜欢吃醋的女人。两人都格外热情,他们的对话相映成趣,使这场戏充满了欢乐。那些对话尽管表面上显得很随意,实际上却出于作者精心的构思。令人忍俊不禁之余却体现出这个家庭中那种微妙的亲近关系来。 观众也许本来会和肥猫一样,期待着韩老师会告状。然而这老师不但没有告状的意思,反倒很随意地拿起人家的二胡玩儿了起来。这一细节真的很有味道,它不仅是韩老师性格的必然(他是那么随性的人),而且有点

剧本	分析
韩老师看到旁边有把二胡,就伸手拿过来,调试了一下。 韩老师:挺好的一把琴呵。 猫爸爸:我也拉不好,弄个响动解闷呗。老师也会这玩意儿? 韩老师拉了起来,算不上悠扬,总算能成调。 10 渔村 夜 外景 二胡声从肥猫家传出来,溶入渔村的晚炊和阑珊的灯火…… 远处的大海波浪轻轻地舞动,海面上的天空已经缀上了星星。	出乎我们的意料。好的细节一定是既在情理之中,又在意料之外的。一个好的作者,不要总用人物行为来图解他的内心。重要的是要让观众从现场的氛围之中自己去体验一些什么。 作者再次地加入了一个过场戏。为什么不把韩老师到肥猫家的家访一气写完,而是中间插入了一个渔村之夜的外景?显然,作者有着自己这样做的动机:不要让肥猫家的那些戏过分板块化,那样从节奏上会显得冗长;韩老师拉二胡的动作需要有一些时间来抒情,让那种营造起来的情绪变成作品的一种味道;不能忘记我们的主角是小至,所以下面一个场景中插入了小至的情况;插入这场戏,也是为了观众有一个时间过渡的感觉。观众会因此而感受到,老师在肥猫家采访是有一定时间过程的。 另外,也请大家注意一下:作者把二胡的声音与渔村美丽的夜色用声画对位的方式表现了出来。声画结构永远是编剧手中很重要的武器。

剧本	分析

11　渔村小巷　夜　外景

小至光着脚在青石板路上低着头走着，手里拎着两条大鱼。

老至在小至的前面十步远的地方摇摇晃晃地走着，手里还拎着半瓶酒，老至踢踏着的破拖鞋在石板路上发出"嚓嚓"的声音。

突然，老至停了下来，扭头看了一眼小至。

远远地跟在后面的小至，听到停止的"嚓嚓"声，愣了一下，停下来，也抬起头，就在即将和老至对视的那一瞬间，老至扭过头继续往前走去。

小至看着老至的背影，低下头继续跟着走。

在韩老师对肥猫家采访的戏中又加入了小至家的情况，一方面是因为我们的主角是小至，不能让观众把小至忘掉了去一味地去写肥猫。另外一方面，也是为了在韩老师到小至家采访之前更加制造悬念。

12　肥猫家　夜　内景

悠扬的二胡声，曲终高亢的一声收尾。

猫爸爸夸张地鼓掌。

韩老师放下二胡。

猫爸爸：这小子是不是在学校又犯啥事儿啦？他今天老实得有点不对啊！

韩老师看了肥猫一眼。

肥猫低着脑袋装着写作业。

韩老师笑了，伸手摸了摸肥猫的头。

韩老师：这孩子挺好。走啦！

韩老师起身。

猫爸爸：怎么这就走啊，饭这就好了，怎么也得吃了饭再走啊！

说着上前就拉住韩老师的胳膊，猫妈妈也赶了出来挽留着老师。

肥猫放下作业，过来抱着老师的腿不放。

韩老师：（多少有些不好意思）下回下回吧……我还得到小至家去看看哩。去太晚了不方便啊。（对肥猫）走，带老师去小至家，老师不认识。

猫爸爸只好松了手。

猫爸爸：老师你要去小至家啊？

韩老师：（点头）远吗？

猫爸爸：远倒是不远啊，可要我说你还是别去了！

我们的作者在写作的任何时候到不能忘记观众。你必须努力地使情节持久地吸引住你的观众。猫爸爸最后的警告对营造悬念起到了很好的作用。使观众对韩老师去小至家的家访有了更强烈的期待。

剧本	分析
韩老师：怎么？ 肥猫：他爸打人！ 韩老师：打人？ 猫爸爸：（训斥肥猫）去！大人说话小孩子别插嘴哈！（把韩老师拉向一边）那人哈，天天喝酒，喝完酒就发疯，他老婆哈……（看肥猫一眼，然后附在老师耳朵上悄声地）跟人家跑了！ 韩老师看了他一眼。	我们注意到一个重要的情况，作者把原本在故事梗概中设计的小至妈妈因病去世的复杂前史在这里简化为因为丈夫酗酒而"跟别人跑掉了"。这样的改动尽管多少有些平淡，没有新意，但对于一个微电影说来，却能解放作者对于前史交代的累赘。
13　小至家屋后　夜　外景 "啪啦"酒瓶子掉在地上碎了的声音。 一排酒瓶子码在矮墙上，中间有几个空着的位置，对应的地面上是碎酒瓶的玻璃碴。隔壁后窗透过来的光照在这片空地上，玻璃碎片闪着光。 小至站在五米开外的地方，手里拿着小石子，正瞄准了砸向那排酒瓶。 砸中了，一个瓶子应声倒地，"啪啦"碎了。 小至一只手握着拳头，在胸前作了个胜利的手势。突然从他的身后传来隔壁婆婆的声音。 婆婆：赶快回家吃饭，不穿鞋，扎了脚啊。 小至咧开嘴给了婆婆一个大大的笑。 婆婆摇了摇头拄着拐杖走开了，小至又瞄准，准备再砸下一个，身后又传来肥猫的喊声。 肥猫：小至…… 小至赶紧冲着肥猫"嘘"了一声，肥猫放低声音还是在喊。 肥猫：小至，小至，韩老师来了…… 小至一听韩老师，赶紧把手里剩下的小石子扔向墙边，没想到，砸到那些碎玻璃上又是"哗哗啦啦"的一片响。	小至自己一个人在那里玩儿砸酒瓶游戏这个动作细节设计得很不错。通过这个细节，我们不仅能看到小至的孤独、自闭，甚至能体验到他对父亲喝酒隐隐的仇恨。
14　小至家　夜　内景 小至的家里没有什么家具，可是房间还是很凌乱的样子。小椅子倒在地上，窗帘半拉不拉地吊在窗户上，墙边上还倒着酒瓶。	这场戏处理得很高明。它与前边韩老师在肥猫家的家访时那种热络的情绪形

剧本	分析
小至的父亲面朝窗户坐在桌子旁。桌子上的酒瓶已经半空了。他拿起酒盅，一口酒下肚了。 小至和韩老师站在门口。小至唯唯诺诺地靠着门边站着。 老至没有回头，而是又给自己的酒盅满上。小至站在那儿不敢动，韩老师拍了一下他的肩，示意他去做自己的事情。 小至低着头快步走到自己的桌子前打开作业本。 韩老师走到桌子前，坐下，看着老至。 老至把一个酒盅放在了韩老师的面前。 老至给满上酒，然后端起自己的酒又是一口灌了下去。 老至始终看着窗外，一眼都没有看韩老师。 韩老师也端起酒盅，抿了一小口，然后又把剩下的一口喝了下去。 小至坐在桌子旁偷偷地看着韩老师和父亲。 老至又给韩老师满上。	成了鲜明的对比。由此我们也可以看出作者写下肥猫家那场戏的潜在动机来。整个这一场戏几乎没有什么对话。作者描写的只是一种氛围，更加突出了两个人的眼神。使得老师与小至爸爸的交流显得内在化了。整场戏有着自己的起承转合，又使韩老师刚刚出现在这个家中的那种紧张变得逐渐地舒缓起来。
韩老师站了起来，走到窗边，望向窗外。 远处海面上传来汽笛声。 韩老师：海真的是很美啊。 韩老师说完，转身从包里掏出新的课本，和一双新的跑鞋，放在桌上。 一阵风习来，窗帘缓缓地动了一下。 韩老师拿起酒盅，喝干了杯中物，放下酒盅。 韩老师：再见。 他走出门去。 小至追了出去。	韩老师那句唯一的台词不仅是一种情绪的必然，也暗含着与小至爸爸情感上的沟通愿望。令人回味。
15　小至家门外　夜　外景 小至追到门外，扶着门框探出半个身子。 韩老师朝前走的背影。 小至：老师再见。 韩老师回头笑着挥手让他回家。 小至看着老师的背影没动……	老师和小至的情感描写虽然下笔很轻，却令人动情。作者不仅注意到了情感表达，而且注意到了情感表达的分寸感。

剧本	分析

16　小至家　夜　内景

桌上静静地放着书和鞋，旁边是韩老师没有喝的那盅酒。

老至看着窗外，默默地喝了口酒。

小至进门，从父亲身边走过，低下头写作业。

老至放下酒盅，拿起鞋来看，在他又大又黑的手掌里，那双白色的跑鞋显得那样的小。

老至翻来覆去地看着那双鞋，用手轻轻地抚摸着那双鞋。他站起身，看着窗外默默地叹了口气。经过儿子身边的时候，他把那双鞋放到了儿子的桌子上。

老至蹒跚着走了，小至看着他的背影消失在房间里……

窗外的海浪声忽然变得很大，很大。

17　海滩边　日　外景

晴空万里，太阳直直地照射着大海，海浪拍打着海岸发出巨大的声音。

"一二、一二、一二……"的口号声和着海浪的声音，一样的强劲有力。

被挑选出来的孩子们脚绑脚肩搭肩地在海滩上跑着，可是没跑几步，就乱作一团，倒在沙滩上。

孩子们刚站起来，松子老师一声哨，大家开始跑，没有几步，又倒下。

孩子们一个个气喘吁吁地排队站着，汗水打湿了他们的头发和衣服。

肥猫肉乎乎的脸上更是被汗水画得一塌糊涂，这下真的成了小花猫了。

松子老师站在孩子们前面，大声地喊着，还不停地用动作比划。

松子：整齐……整齐……两个人……三条腿……你的腿……

松子老师可能觉得说得还不够清楚，一把扯过韩老师，就把两人的腿绑在一起要做示范。韩老师吓得赶紧往后退了，没有站稳，打了个趔趄。肥猫看到了，在队伍里没心没肺地哈哈大笑。

哨声响了，两个人向前冲去，肥猫的步子迈得尤其大，

从这一场到第20场是作品的高潮。把比赛场面作为这部作品的高潮是很不错的构思设计。因为借助比赛，很容易就将全剧的情绪上升到最高。

剧本	分析
小至像是肥猫的累赘一样被拖着。没走几步,两人"嘭"的一声就跪倒在沙滩上。 松子老师:一个人,一个人……两个人,一个人……(老师用手指头代替腿比划着) 肥猫和小至的表情凝重。肥猫使劲地解开还绑在两个人腿上的绳子,气呼呼地往回走。 海面上传来海鸥的叫声。 一条白线平躺在孩子们的脚尖前面。 一声哨响,孩子们喊着口号往前跑,松子老师和韩老师拉着一条白线跟着孩子们一起跑…… 韩老师冲着肥猫和小至。 韩老师:你(肥猫)你(小至),你们俩出来做示范。 肥猫很不服气地出列,站在那一脸不服气的样子,等着小至把两个人的腿绑在一起,小至刚起身,肥猫就把自己的手臂搭在了小至肩膀上,弯下腰,等着老师的哨声。 一条条小腿用红绳子绑在一起,黑的、白的、胖的、瘦的,一排小脚丫子深深的陷进沙滩里,带起来的沙子在半空中飞舞。 谁都没有注意到,一个大浪冲了过来,海浪没过了大家的脚背,淹过了小腿。孩子们兴奋地大叫。 海浪退下去了,松子老师白色的跑鞋上全是沙子。一只小螃蟹从她的鞋子上爬过去,韩老师看着哈哈大笑起来,松子老师也有些尴尬地笑了笑。 肥猫先爆出来夸张的笑声,小至也在旁边抿着小嘴笑了起来,大家的笑声都蹦了出来。 和着海浪声,孩子们的笑声回荡在整个海面。 18 运动场 日 外景 运动员进行曲在赛场内外的天空中回响,从赛场的天台上拉下来成串的小旗子被风吹得呼呼啦啦直响。场内传出解说员的声音。 解说员:(画外音)比赛采用小组淘汰制,八所小学分成两大组,最后由两组第一的队伍争夺最后的冠亚军…… 松子老师和韩老师带着孩子们在赛场外准备入场,孩	

剧本	分析
子们都兴奋地蹦蹦跳跳。松子老师穿着一身白运动装严肃地站在队伍前面。而韩老师就站在队伍的后面跟着，他看了一眼平静得一句话都不说的松子老师。 有的孩子的家长在队伍的旁边不近不远地跟着，看着孩子们热闹的样子。猫爸猫妈尤为夸张。 猫爸爸站在离队伍两步远的地方，弓着身子伸长胳膊给肥猫扇着扇子，另一只手上还拿着冰镇的可乐。猫妈妈两只手里拿着巧克力和能量棒也站在旁边轮流着往肥猫的嘴里送，肥猫塞得满嘴都是，猫妈妈一把拽过拿在猫爸爸手里的可乐，送到肥猫的嘴边。肥猫还一脸不耐烦的样子把头扭开。 小至在阴凉的地方站着，低头看着自己脚上的新鞋，他从人群的缝隙中扫视了一圈广场。 队伍里很多孩子的旁边都有爸爸妈妈陪着。 小至好像没有看到他期望看到的，默默地低下脑袋继续看着自己的鞋。	作者不仅在比赛的这个情节桥段中非常浓墨重彩地写出了跌宕起伏的精彩的比赛过程，而且更注重人。我们看到了小至的期盼和失落。

19　小至家后院　日　外景
老至手里提着新买来的酒从小巷深处远远地走来。
走到自家的后院时，脚上被什么东西硌了一下，低头看，是一片酒瓶的碎片。
矮墙上码着的几个酒瓶子，那些酒瓶子在阳光的照射下闪着耀眼的光芒。
老至扭头看到了在矮墙的墙角碎成一片的酒瓶子。
老至的眼睛被酒瓶子反射的光芒刺了一下。他随手捡起一个石子，朝酒瓶子砸去，一个瓶子掉下来，碎了。
老至的背后传来婆婆的声音。
婆婆：小至，穿鞋，小心脚别扎到。
老至看着婆婆，后面的屋檐下坐着乘凉的婆婆，婆婆的眼睛望向码头。老至顺着望去，码头上的渡轮启动发动机的声音传来。

20　运动场　日　外景
这时，场内传来热烈的欢呼声，看台上一阵锣鼓敲了起来。

剧本	分析
不远处,他们的对手正围成了一个圈,手搭手地集体大喊"加油,必胜",那帮孩子们脑袋上一个个都缠着红色的带子,他们的队服也是红的。大家喊完必胜以后,从容不迫地走向起跑线。一个个都势在必得的样子。 看台上助威声越来越大,那些家长们都疯狂了。 肥猫捣了一下正在发呆的小至,示意小至看对手的比赛。 韩老师皱着眉头冲着还在瞎闹的小孩喊了一声,让他们安静下来。 松子老师抱着手臂静静地站在旁边,但是从表情和眼神看得出来她也很紧张地在关注着对手。她无意中看到起跑线那边对手继红小学的老师甩给她一个得意的表情。 发令员:各就位—— 发令员举起他带着白手套的手。 看台上一下子全都安静下来,所有人都等待着发令枪。 肥猫啃巧克力的动作慢了下来,半块巧克力叼在他的嘴上。 发令员:预备—— 孩子们做好准备,一排小脑袋齐刷刷地看着终点。起跑的枪声响了,孩子们冲了出去。 看台上忽然又响起极大极其热烈的呐喊声,家长们一个个要扯破喉咙似的。 小至在赛场旁边伸长脖子探着身子看,肥猫则在旁边紧张地无意识地快速咀嚼着嘴里的巧克力。 松子老师不动声色地看,本来在吼学生的韩老师也扭着半个身子关注着比赛。 孩子们十分拼命地跑。队伍在前进的过程中有点歪斜和磕磕绊绊。 人们屏住了呼吸。 小至和肥猫紧张地看,肥猫的嘴巴忘了动,巧克力在嘴角化开。 但孩子们没有倒下去。队伍最终还是冲向了终点。 看台上的人们欢呼起来。	在描写比赛过程的时候,作者使用了很短的句式来体现比赛紧张的节奏感。这个方法暗示着未来作品在这里应该采取的短镜头快速组接的节奏效果。 作者表现出了很好的高潮场面给予足够的篇幅来充分表现的意识。也体现出了对情绪节奏张弛变化的操控能力。

剧本	分析

讲解员：继红小学，23秒48。

孩子们和老师欢呼了起来，看来成绩还不错，看台上的家长，更是喊出了"必胜"的口号。孩子们轻松地走下场。

小至和肥猫两人站在墙边皱着眉头望向那边正在高兴着的对手。肥猫又使劲咬下半块巧克力。

韩老师使劲地吸了一下鼻子。

韩老师：大家准备一下，看看自己的鞋带都系好没有，我们马上就要上场了。

这时，赛场上，又一声发令枪响了，一队孩子在赛场上跑，可是没几步就摔倒了。

韩老师：快，轮到我们了。

一直静静地在看比赛的松子老师突然面朝孩子们站着，表情严肃但又动作夸张地比划，嘴里还蹦出走了音的中文。

松子老师：整齐……队列……一定整齐……团结……

肥猫这个时候，突然扭扭捏捏地哭丧着脸站在韩老师旁边，伸手拽了拽韩老师的衣服。

韩老师又使劲吸了一下鼻子。

韩老师：又怎么了？

肥猫：老师，我想上厕所。

韩老师：就在这里尿。

肥猫看看四周，哭丧着小脸委屈地看着韩老师，韩老师皱着眉头，伸手给了肥猫脑后一下。

韩老师：快跑。

肥猫飞快地跑出去。

赛场里的音乐声好像更大了，看台敲锣打鼓，呐喊声连连，加油的标语在人群中晃动。

记分牌上，记分员正在把其他学校的名字擦掉，只剩下继红小学和海天小学的名字，记分员在继红小学的名字下写上"23秒48"的字样。

小至他们在起跑线旁边等候着，大家站在那里，有的孩子还在蹦跳着最后活动一下。韩老师有点紧张地在队伍里走来走去。

剧本	分析
猫爸爸和猫妈妈背对着赛场，激动地指挥着看台上的家长们喊加油。 他们的对手继红小学的孩子们在赛场边上休息，一些孩子们放松地喝着水，但有些孩子也有点紧张地看着小至他们。他们的老师靠墙站着，不以为然地瞟了一眼小至他们，扭头和别人说话。 松子老师抱着肩膀，昂首挺胸，很安静但又很自信地站在旁边，看着小至他们。 小至抬头看了一眼天，天空一丝云都没有，赛场上空的旗帜迎风舞动。 韩老师在旁边吹了一声哨，大家在起跑线后面站好。 小至的身边肥猫的位置空着，小至焦急地四下张望。 肥猫跑进队里来，撞到小至身上。小至摇晃了一下。 突然，小至看到了父亲，父亲好像还没有看到小至，手里拿着一只小旗拘束地站在那里。 老至站在赛场旁边，手里握着一只不知从哪里捡来的小破旗子，站在那不知该怎么做。他眼前，一排穿着整齐队服的孩子们整齐地站在起跑线上，弯着腰在绑腿上的红绳子。他有点茫然。 发令员：（画外音）预备—— 小至回过神来，肥猫把自己的手搭在了小至的肩膀上，两个人互相对视了一下，坚定的眼神，微微的笑容。 大家目光坚定地望向前方。 "儿子……加油"老至在赛场的边上使劲地喊了出来，小至听到了父亲的呼喊声，父亲站在那儿深切地望着小至。 小至冲着父亲抿嘴笑了一下。 韩老师也看到了老至，他笑了。 发令枪响了。 孩子们绑着红绳子的腿整齐地向前迈去。队伍笔直笔直的，步伐整齐得就像是一个人迈出似的，那些绑作一排的腿就像是有人在旁边喊节奏一样，朝前运动着。 孩子们一个个的脸上奋力的表情，紧紧搭在一起的臂膀。 看台上呐喊的家长们，猫爸和猫妈拼命呐喊的夸张的	

剧本	分析

脸。韩老师和松子老师紧张的面孔。
老至站在赛场旁边舞动着小旗,紧张地喊着加油。
离终点不远了,小至忽然脚下面跟跄了一下,歪向肥猫。
人群中有些人发出一声惊呼!
老至紧张地往前上了一步。
肥猫赶紧用自己的肉胳膊架起小至,还好,队伍的步伐没有乱。
老至在旁边看到一切,手里紧紧攥着小旗子。
老至:儿子!加油啊!
小至咬紧下唇跑动着的脸。
被绑在一起的小至穿着新鞋的脚和肥猫穿着耐克的胖胖的脚在机械地向前挥动。
突然,喧嚣声消失了,代之而起了是温情的音乐。高速镜头中,整个队伍在运动着起伏着,像飞!
高速镜头中,小至和肥猫起伏的脸,淌着汗水,红扑扑的!
老至和所有家长无声的呐喊!
猫妈妈捂住了自己的眼睛!
松子老师一直保持平静的脸上,紧张得一下抽动的表情。
运动场上的声音再度恢复现实,孩子们接近了终点,队伍却马上就要崩溃!
韩老师急眼了,大喊——
韩老师:队形!保持队形!
孩子们拼尽全力、跌跌撞撞冲过了终点线,扑倒在海绵垫上。所有人都在那里起不来了,大家趴在那里喘着粗气!
赛场一下子安静了下来,所有的人都在静静地等待着宣布结果的那一刻。
韩老师和松子老师站在那儿一动也不动,猫爸和猫妈的动作也僵在了加油的那一瞬间,继红小学的孩子们和老师也在场上等待着宣布。
老至站在赛场边上,紧握着手中的小旗,小旗的塑料旗杆已经让他握弯了。
小至跪坐在海绵垫上,其余的孩子们也都静静地趴在

剧本	分析

海绵上。
所有的人都在静静地等待。
赛场上的旗帜伴着风在无声地舞动。
解说员：（画外音）海天小学，23秒38，祝贺海天……
振奋人心的音乐在赛场里响起来。
小至抬起头，一脸不敢相信的表情，他看到看台上向他们欢呼祝贺的人群。
看台上的家长们手里拿着所有能挥舞的东西在兴奋地挥舞着。
肥猫一把搂住小至的脖子，使劲地蹦着。小至咧开小嘴笑了。
孩子们兴奋地尖叫着，抱作一团。
获胜一方的家长冲向自己的孩子，和孩子们拥抱在一起，兴奋地跳着，笑着。
继红小学的孩子们，有的低下头垂头丧气地，有的几个抱在一起小声地哭了起来。
韩老师和松子老师也因为太激动紧紧地抱在了一起，松子老师被韩老师搂着的身体有点僵硬。赛场的对面，站着垂头丧气的继红小学的老师，松子老师微笑着朝他们竖起了大拇指。
肥猫的爸爸也冲了上来，吃力地抱住大胖儿子，把他抡了个圈！
在欢闹声中，只有小至迷惘地呆立在原地，和整个场面形成了强烈的对比。
小至虚眯了眼睛。眼前划过一张张喜悦的面孔。
他耳边的喧嚣声全都消失了，代之而起的是轻轻的动人的音乐声，伴着海浪声……
刚刚父亲挥舞小旗的地方，已经没有了老至的踪影……

21　渔村码头　日　外景

海浪的声音，呜咽的汽笛声，海鸥飞翔鸣叫着。
一艘漂亮的轮船停靠在渔村的小码头上。
孩子们都穿着漂亮的新衣服准备上船，码头上来送别的家长一个个都亲得不得了。猫爸搂着肥猫肉乎乎的肩膀，使劲地搂着。

最后两个场景是本剧的"结局部"，在这个段落里我们看到小至父子的情感关系发展变化的终点。

剧本	分析
猫爸爸：儿子，给老爸争口气。 猫妈妈站在旁边有些嫉妒地看着。小猫给了妈妈一个大大的笑脸。 小至站在码头上，遥遥地望向通往村子的小巷，没有父亲的影子。小至的眼神里有一丝失落。 韩老师站在码头的边缘，保护大家上船。他看到小至站在那迟迟地不肯上船，走过去，把他揽了过去，小至抬起头，眼神里泪闪闪地带着委屈地望向韩老师。 韩老师揽着小至上了船。 船开动了，扬着长笛向着大海开去。	作者并未平铺直叙地去煽情。反而用了一个反向描写的手法。先写到老至不见之后小至的那种失落，然后让老至猝然地出现在一条运动中的大船上！这样的画面无疑是有着强烈的视觉冲击力的，它将人物和观众的情感同时推向了高潮。在很多影片中，优秀的情感高潮都不仅仅是依靠角色的对话或者动作来体现的。电影是那样一种具有强大视听表现手段的艺术，在高潮的时候把用视听造型把情感激发出来的方法常常会取得更好的效果。
22 大海上　日　外景 韩老师揽着小至站在甲板上，海风吹拂着他们的面颊，小至呆呆地望着大海出神。 突然，小至愣了，在他的船的一侧，出现了一艘渔轮。 小至发疯般地跑向船舷。因为他认识那是他父亲的船。 那艘渔船紧紧地尾随在大船的旁边，老至站在甲板上。 小至没出声，看着父亲，眼睛里含满了泪水。 父亲朝他挥手。 小至就那样看着，倔强地擦着脸上留下来的泪……	在这里，作者显然注意到了人物情感表达的分寸感和含蓄性。小至是那样期待自己的父亲的出现，可现在的他却努力地抑制着自己的情感，他甚至没有对父亲挥手，而是那样倔强地望着自己的父亲。这样的描写是真正从人物性格出发的，更加令人回味和心动。

通过对《青岛·海港·爱》在写作剧本的时候所运用的内部技巧的讲解和分析，我们不难看出，即便你在写作前对所要写下的内容有了很多具体的构思和策划，真正的细节实现却往往是在写作过程中才出现的。电影

剧作的技巧确实重要，但是那些技巧不是在写的时候才去考虑的，相反，剧本创作是一个十分感性的活动，需要情感的投入和冲动。这个时候，创作技巧会变成一种作者的下意识活动。就好像我们驾驶汽车时候的那种状态，没有谁会去考虑什么时候脚应该去踩制动，什么时候手应该挂挡，相反，那些行为是自然而然地发生的。在创作的时候，对于作者最重要的是投入和激情，你必须有那种进入自己创作情境和人物心灵的能力，你必须能够有设身处地和信以为真的素质。如果你是一个真正有创作技巧和经验的人，那些事情即便你不过多考虑，它们也会直接左右你的创作的。

后 记

电影剧作的学习是一个不断实践的过程，没有捷径可走。电影剧本写作确实有技巧，但是那些技巧如果你从来没在创作实践中使用过，它再好却也不属于你。人们可以写出一本书来告诉别人如何编剧，如何不犯错误，可是，如果你不在实践中体会这些门道，你不犯一回这样错误，恐怕那书写得再好对于你说来也没有用处。不假，南墙是编剧最好的老师，我们是在自己的不断碰壁中获取创作经验的。

再妙的剧作理论如果没有对实践的指导意义，也不过是清谈。如何让初学电影剧本写作的朋友能在动手的时候获得切实可行的指导是这本教材编写的宗旨和追求。在这本教材中，我们为热爱编剧的朋友和学习微电影创作的同学设计出了十一项（章）具体的剧作练习，它们就好像是您攀爬电影剧本写作这座高山的阶梯。而这些练习已经是经过多年教学实践考验的。在北京电影学院和北京电影学院现代创意媒体学院的学习剧作专业的学生们都必须在老师的指导下认真地完成这些练习。这也就像那些学习绘画的学生必须在他们的教学中完成速写、素描和写生练习一样。以往的教学实践证明，这些练习对学生们剧作水平的提高是十分科学有效的。如你所见，所有的练习都具有很强的操作指导性，而且，在练习中有充实的例证。这些例证中的毛病恰恰是学习编剧的同学经常出现的。正是由于有了这些例证，我们的教学便变得更加直观和富有针对性。我们相信，只要你能够认真地按照这些练习的顺序由浅入深、由难而易地逐一完成，你定会获得基本的剧作技巧和编剧经验。

需要说明的是，这毕竟是一本针对微电影剧本写作的教程，在面对初学剧本写作的朋友，我们不宜把针对大剧本创作的剧作法在这里进行过多的阐述。相反，我们尽量地把剧作理论的教学纳入到具体的例证分析之中，追求以实践带动理论学习的方针。使我们的学习变成一个活泼的、生动的过程。我们更希望我们的同学在学习过程中努力发挥每个人的发散性和创造性思维，而不是由老师给他们规定一些什么条条框框。所以，如果你只是阅读这本书，而不按照这本书设计出来的练习来进行自己的创作尝试的话，你的收获肯定会打折扣。

  当然，这些练习也不是僵死的序列。你可以根据自己的现有水平来决定自己选择哪些练习来做。不同的人，素质和条件不同，自主的选择也许会使你的学习更加有效。

  谢谢每一个阅读了这本书和尝试了这本书中那些练习的朋友。

  谢谢刘一兵老师为这本教材所提供的帮助和指导。

  谢谢为这本书提供了他们的作业的亲爱的同学和朋友们。

  谢谢北京电影学院现代创意媒体学院文学系郑雅玲老师和全体老师们。

2013 年 8 月 25 日

附录一 《从电影到剧本》参考答案

65 汽车旅馆 晚上 内景

镜头在黑着灯的旅馆房间。我们听见摩托车开到停车场,开近旅馆房间的轰鸣声。

门打开了,理查德——失魂落魄的样子,身上湿透了——走了进来。

他关上门进来,走过去,躺在床上——就这么穿这衣服——然后盯着天花板。

雪莉睡着了,醒过来,看见了理查德。

雪莉:你没事吧?

他点头。雪莉推推他的胳膊,翻过身去,继续睡觉。理查德盯着上面的天花板。

镜头渐隐到黑。

奥利芙(画外音):爸爸?

66 汽车旅馆 清晨 内景

理查德睁开眼睛。奥利芙站在床边。清晨蓝色的微曦透过窗户照耀进来。

理查德:怎么啦,亲?

奥利芙:爷爷醒不来了。

理查德马上意识到了什么。

67 救护车顶 白天 外景

一辆救护车在一条商业区加速行驶,镜头表现急救车灯离我们远去。急救车灯闪烁着,同时警报器响个不停。

68 医院家属等候区 白天 内景

大家都在候病室静静地坐着,等待着医生的消息。

奥利芙有些厌倦了，她穿过一排排的医疗宣传架。她取了个东西，然后走近迪瓦恩。

奥利芙：你想要测试一下视力吗？

迪瓦恩摇头。

奥利芙：弗兰克舅舅？你想做一次视力测试吗？

雪莉：奥利芙，过来这边。把手上东西收好。我们要开个家庭会议。迪瓦恩？家庭会议。

理查德：什么？现在吗？

雪莉：理查德……我们现在就说吧。

她吸了口气。她转向孩子们。

雪莉（继续）：首先，医生现在尽一切可能帮爷爷。他的生活……（搜索着字句）漫长曲折……我知道他非常爱你们俩。但是如果上帝要带走他，我们得准备接受，好吗？

他们点头。

现在，我想你们已经知道了，我们最近钱方面也碰到了问题，因为理查德冒险投资，而一切……事情没有向着我们预期的方向。所以，当我们回到家里的时候，看上去我们的生活会发生一些变化。我们也许要搬出我们现在住的房子。我们或许得宣布破产。我不知道。我得和律师来讨论这一切问题。

她看着理查德和孩子们。她的声音有些颤抖。

雪莉（继续）：但是无论发生什么——我们都是一家人。最重要的是，我们相互关爱对方。我非常，非常，非常爱你们……

她背过身去，开始哭泣。弗兰克把手放在她的肩膀上。雪莉抓着他的手。奥利芙和迪瓦恩看着雪莉。

迪瓦恩写了一张纸条，把它递给奥利芙。上面写着："去抱抱妈妈！"

奥利芙走过去抱着雪莉。雪莉一边哭着，一边把奥利芙抱上自己的膝盖，紧紧地搂着她。

迪瓦恩站起身来，走到候病室的对面窗户下，眺望着外面。

窗户外面是很普通的郊区风景。汽车在远处的公路上忙碌地来回奔驰。

迪瓦恩面无表情地望向窗外。在他身后，一位医生进到等候区域。

医生：你们是爱德文·贺夫的家人吗？

69 医院家属等候区　迟些时候　内景

医生吸了口气。

医生：抱歉，我们已经尽力而为了。他……一言难尽。他可能只是想睡觉，然后一睡不醒。我找别人来跟你们谈谈如何处理身后事。

理查德：谢谢你。非常感谢。

医生打开门，并且冲着过道喊。

医生：琳达！

他做了个手势，然后走了。沉默无言。

奥利芙：爷爷死了吗？

雪莉：是的，宝贝，他过世了。

奥利芙点头，一言不发。

一位医院的行政人员琳达进来了，手里拿着一叠文件。她显得劳累过度，而且很多的事情要处理。

琳达：你好，我是葬礼负责人，琳达。请你节哀顺变。

理查德：谢谢你，琳达。

琳达递给理查德她一大叠的文件。

琳达：（飞快地）好的，这些是你需要填写的表格——死亡证明，死亡报告。一张 M.E. 粉红色纸。请尽量写详细点。这是一份小册子，星期三见面的时候会给服丧部的人。如果你需要，我可以现在给你介绍一家殡仪馆，这样你自己就可以做些安排。

理查德和雪莉俩人面面相觑。

理查德：实际上，这些事已经在阿尔伯克基预订了。

琳达：阿尔伯克基？

理查德：是的，我们只是路过。你知道，我们在去加利福尼亚的路上……

琳达：好的——如果尸体跨越州界，需要在县级法院办理葬礼运输申请……

理查德：好的，好了，但是现在我要告诉你一件事——我们要在今天下午3点抵达雷东多海岸……

琳达：3点钟？今天吗？（看了看手表）这是不可能的。

理查德：但是……这是为了我女儿。这件事至关重要。

琳达：这也许很重要，但是你还是得填写这些文件。

理查德：好的，你看，我知道或许这有点不平常……有没有可能我们去了，然后回来？我的意思是，我们可不可以稍后处理这些文书工作。

琳达：你不能抛弃尸体……

理查德：我不会抛弃尸体，

琳达：……否则，医院就得负责……先生，这些事情必须得完成。先生？先生？先生！！！

理查德：我们只是得走，然后回来。我们只是需要离开，然后我们就回来！我们会回来！

琳达（继续）：你们不是今天唯一有人死在这的人，知道了吧？！现在我们得在这附近把这些事情处理了，并且我要提醒你尊重我们的程序！

沉默无言。理查德盯着地板，心情沸腾了。停顿一会儿。

理查德：你可不可以？是否有办法让我们看看尸体？

琳达：（点头，有些克制）我来带路，是的。

她领着他们走出候病室。

70　医院走廊　白天　内景

琳达在一间重病监护房前停下来。

琳达：他在里面。我们还没机会把他搬到楼下。所以几分钟后有人可能进来把他带到地下室去。告诉他们你们是谁，他们会等的。

理查德：谢谢。

琳达：你处理完文书工作，我在护士站等你。

理查德：好的。行啊。谢谢你，琳达。

她离开了。

71　重病监护室　白天　内景

他们进入房间，里面很安静。床单下面放着的是尸体。

理查德走过去，凝视着床单底下，抑制住自己的心情。

他掉过头去，面对着墙壁。开始进行强力呼吸——极力遏制住起来的情绪。他不想失去控制，而且这样流露自己的感情，他觉得不自在。

理查德：（有些气喘）该死，爸爸，该死。（停顿）蠢，蠢啊，真蠢！！

他摇着头，做了几次深呼吸，让自己稳定下来——仍旧是对着墙壁。

雪莉抱着奥利芙，梳理着她的头发。奥利芙没有流泪，这一切对她来说都是全新的。雪莉弯下腰低声说着。

雪莉：我们明年参加阳光小美女，好吗，宝贝？明年。

奥利芙点头。大家一言不发。最后，理查德转过身来。他神色坚定。

理查德：不。我们已经走了700英里了，如果赶不上比赛，就得怪我。

雪莉：亲爱的，我们不能把他丢在这！

理查德：我们不会离开他。

理查德把文件倒在一个垃圾篮里。他打开门，窥探了几眼医院的过道。他关上门。

理查德（继续）：该死！

他绝望地扫视了一下病房。他看见了窗户。

他走向窗户，打开它。

72　医院　白天　外景

理查德窥探着窗户外面。他此时所处的位置是在整个建筑物的后侧，离最近的一个空着的停车场大约有六七英尺。

73　重病监护室　白天　内景

理查德弓着身子退回来。他把汽车钥匙抛给了迪瓦恩。

理查德：迪瓦恩，出去看看。

雪莉：理查德……你想干什么？

理查德：我们得带上他。

雪莉：不，理查德。不要。这是行不通的。

理查德：他最好跟着我们离开，而不是留下来跟那些人待着！（对着迪瓦恩）去，到外面窗户底下。弗兰克，你跟他一起去。

雪莉：迪瓦恩，你不要动！（对着理查德）听着，你就待在这。我们带上奥利芙。弗兰克来开车！

理查德：那谁来推车，然后把车发动起来，嗯？一碰到停车标志，你开的汽车就玩完。听我说，诸位。如果爸爸有个愿望，就是看见奥利芙在阳光小美女庆典上的表演。现在，我相信如果我们现在放弃，就是伤害他的记忆。世上有两种人，胜利者和失败者。你们知道这有什么区别吗？胜利者不会放弃。那我们在这干什么？我们是胜利者还是失败者？

74　医院　白天　外景

理查德探身出窗外。

理查德：好了，准备好了吗？

弗兰克、迪瓦恩、雪莉和奥利芙齐集在窗户下面，尽量显得不动声色。

弗兰克做了个手势——等待。

在停车场的对面，两名护士朝着医院走来。

弗兰克：别动……别动……

两位护士过去看不见了。

弗兰克（继续）：好了——走，走，走！

理查德消失了一秒钟，然后重新出现了，手里抱着一捆用床单裹着的巨大人形。他把他抬到窗边。

理查德：小心……小心……

他把那一捆东西推出了窗沿。弗兰克和迪瓦恩在下面接着,把它放在地上。他们环顾了一下四周。

弗兰克:好了!我们走!一,二……

弗兰克、迪瓦恩、雪莉和奥利芙一起抬着那捆东西,急促地跑到对面的停车场,要到50英尺之外的那辆大众巴士车旁边。

50英尺之外一对上了年纪的人走过,看着他们的行动。

弗兰克(继续):冷静,冷静。快到了。

他们到了巴士车。

迪瓦恩迅速掀开巴士车的后车门(车背后面有一个可以放行李的空间),然后他们把裹着的爷爷尸体放了进去。弗兰克迅速把门关上。理查德飞也似的跑到了停车场。

理查德:好了,我们行动吧!你们准备好了吗?

弗兰克:准备好了,理查德!

理查德登上了大众巴士车,然后又出来,帮着大伙一块推车。

巴士汽车开始滚动了。停车场有轻微的坡度,这正好有利于推车前进。最后,理查德跳上了驾驶室。

理查德:好了,我要把车发动了!

雪莉和奥利芙跳上了侧门。弗兰克和迪瓦恩还在车后面跑着,非常用劲地推着车。

弗兰克:我说过我是美国卓越的普鲁斯特学者吗?

理查德发动了引擎,然后把车推到三档。汽车开始加速行驶。迪瓦恩和弗兰克沿着侧面飞跑。

这一次,迪瓦恩已经做好准备,一路推着弗兰克赶上车。弗兰克钻进了车里。迪瓦恩随后也跳上了车。

75 大众巴士车　白天　内景

迪瓦恩把车门推严实了。他们像逃难一样头昏眼花,上气不接下气。

他们逐渐平复过来。奥利芙想着什么。

奥利芙：爸爸？爷爷怎么了？

理查德：亲爱的，只要我们一到雷东多海滩，我马上往阿尔伯克基葬礼筹办处打电话，他们就会把一切事情料理妥当。你的爷爷很精明，事前把一切计划都安排好了。明白吗？

奥利芙点头。这其实不是她真正要问的问题。雪莉意识到了。

雪莉：亲爱的，爷爷的灵魂现在去了天堂。他和上帝在一起了，知道吗？

奥利芙点头。她转过身，望向窗外。

公里两旁的风景向后退去，让人意识到汽车重新回到了跨洲界的路上。但这看上去离上帝还有很长一段路程。

镜头推近奥利芙，她在思考。

音乐响起——正是影片开始时那段安静的曲调。

附录二 《认识"一场戏"》参考答案

《被解救的姜戈》段落划分

片名	场数	长度	内容
《被解救的姜戈》	1	13′	舒尔茨医生解救姜戈。
	2	13′ 15″	二人开始任务,姜戈要寻找未婚妻。
	3	31′ 45″	两人度过漫长的冬天,并且在春暖花开时到达密西西比。
	4	30′	他们找到坎迪先生,一同去往坎迪庄园。
	5	13′	到达坎迪庄园,成功与未婚妻相见。
	6	41′ 35″	救妻失败,被送往采矿公司。
	7	23′	返回庄园,成功救妻。

附录三 《无对白练习》参考答案

背景材料

一个在公园拾荒的老人，提着一个麻袋，捡空饮料瓶卖钱。他看到一个女孩手里拿着半瓶饮料，就寻思着等女孩喝完饮料就把瓶子捡来。于是，他跟着女孩。过了很久，女孩那瓶饮料始终没有喝完。老头很是着急。但是他还是耐着性子等着女孩。结果，一辆豪华轿车停在女孩面前，女孩的男朋友过来接她了。女孩拿着剩下的半瓶矿泉水，上了汽车。汽车开走了，老头的等待落空。

公园内　日　外景

烈日炎炎下，一个身穿背心的老人，正拎着一个破旧的大麻袋，捡起地上的一个空瓶子。

他走到垃圾箱旁边，把头伸到垃圾箱里，企图看看里面有什么。

接着，他的一只胳膊伸进垃圾桶，在里面胡乱地摸索着。不一会儿，拿出一个空矿泉水瓶，他得意地乐着，把空瓶"嘭"的一声，扔进麻袋里。他再次躬下身子把胳膊伸进垃圾箱里。努力地摸索着。这时，一双细长的美腿优雅地走进他的视线。同样引起他注意的，还有美女手里拎着的半瓶矿泉水。那清泉一般透亮的水，在阳光下反射着耀眼的光亮。老头瞬间被吸引了。他看看麻袋，已经积攒了将近一半。环顾四周之后，他拎起麻袋，跟着女孩。

两人就这么走了一会儿，女孩停下来喝水。老汉兴奋起来。他盯着那瓶子，仿佛害怕被人抢走似的。而随着老汉急切期待的心情，我们看到女孩喝水的动作也成了慢动作。

然而，斯文的女孩只喝了不到三分之一。老汉只好眼巴巴地看着她拧上瓶盖。

女孩站在原地，四处看看。

她把水瓶放到地上，老汉装作没有看见，却下意识地向前挪动。

女孩的包里传来手机信息的响声，她从包里掏出手机，认真地看着。

老汉又向瓶子靠近一些。女孩背对着老汉，全神贯注地打字。

老汉蹲下，试着伸手拿那个瓶子。

女孩把手机放到包里。

他缓慢地渐渐地伸手过去，就好像小孩儿偷拿玩具那样。

女孩忽然迅速拿起瓶子，继续走了。

老汉尴尬地蹲在原地，不知所措。

女孩走得有些远了，老汉背起麻袋，跟上去。

女孩来到大树下，树下恰好有一个长椅。女孩坐下。

老汉装作闲来无事的样子，假装环顾一下周围后，也坐在长椅上。女孩看了老汉一眼，没有在意。老汉却有些不自然地往椅子边儿上靠靠。只占了椅子的一角。

女孩拿出一把折叠扇子，优雅地扇着。

她拿起矿泉水瓶子，发出声响。

老汉的目光迅速转向女孩。

女孩跟老汉对视，老汉尴尬地笑笑。

这次女孩喝了很多水，水瓶里的水只能勉强盖过瓶底了。

女孩手握着仅剩下一点水的水瓶，向远处张望。

老汉一边用余光瞅着女孩，一边完全地坐在长椅上。背靠着椅背。这样能更加方便地看到水瓶。他的眼角始终保持向下45度倾斜。手上搓着麻袋边儿。似乎有些焦躁。

女孩则直视远方。

从女孩的视线望去，一辆黑色的轿车缓缓驶近。女孩举起水瓶用力摇晃。轿车瞬间加速，朝这边开过来。车子刚停稳，女孩已经拉开了车门，带着瓶子一起上了车。

车子开走了。

老汉还坐在那里。女孩刚才坐过的地方空空的。

附录四 《对话练习》参考答案

堂屋内 夜 内景

传来陈文涛的叫声:春芳!

春芳:死鬼回来啦!(拉开门冲外边大叫)你瞎喊什么?我在爸这儿呢!

陈文涛出现在屋里的时候所有的人都吓了一跳:他衣冠不整,红头涨脸,浑身酒气,手里还提了瓶二锅头!

春芳:你这是怎么回事啊?!

文涛已然口齿不清了。

文涛:你叫唤什么?我今天高兴!和哥们喝了两盅!(说着,还要拿酒瓶往嘴里灌)

文海和文宝急匆匆地出来。

春芳:你没事喝什么酒啊?!

春芳上前就夺他的酒瓶子,可文涛死不撒手。

文涛:徐春芳!我告诉你!你少跟我这儿厉害!我是个男子汉,你知道吗?我是个男人!你老娘儿们瞎喳……喳……什么!

文涛说着仰着脖子又要喝。

文海上去一把夺下文涛手里的酒瓶。

文涛醉眼直直地看着大哥,说不出话来。

文海:文涛,少喝点嘛!

文涛:(笑嘻嘻地)哥,我没喝醉。

文宝:二哥,你喝了多少啊就这样啦!

文涛:老四来啦?我其实就喝了这么(用手比划)一点点儿……

文海:文慧,给你二哥倒点茶。

文涛：哥，我不喝。文慧你别倒了。我不喝。我坐会儿就回去了。你们吃，不耽误你们。

文涛一屁股在椅子上坐下。

文涛：哥。我今天高兴。全家人都在这儿啦？我没数错吧？一个……俩……仨……嘿！我说今天就是好日子嘛。难得，咱们全家难得聚齐啊！

陈世荣把碗往桌子上重重地一放。全场默然。

沉默片刻。

文宝：我从来没见我哥喝这么多酒啊。他这是怎么啦？

春芳默默地坐在那儿。

文涛：佳佳，佳佳在哪儿。

佳佳吓得直往秀梅怀里扎。

秀梅：看把孩子吓的，（拉了佳佳）走，到亮亮哥哥那儿玩去。

文涛：（坐在椅子上喘着粗气，喃喃地）我没喝醉，我没喝醉。

文海：文涛，你这是干什么呀！

文涛：大哥。弟弟我今天得和你好好讨论讨论。你说，什么是男子汉？啊？你说？

文海：你说呢？

文涛：男人，他就得是男人。他就和女人不一样。

大家不解地看着文涛。

文宝：（讪笑）二哥你可真说到点儿上了。

文涛：你比如说女人吧，女人有没有压力？有！当然有。可女人的压力就比男人小多了。

文宝：这倒是！

文涛：在一个单位里，一个女的不如男的，她心里不会太难受。可一个男的不如女的，他就心里头受不了了，对不对？

陈世荣：你这都胡说什么呢呀！

文涛：爸。我知道，在我们陈家几个兄弟里，你是最瞧不起我的了，对不对？

我怎么了？我生出来的时候，爸，多少斤？才5斤！小猫似的！能怪我吗？它先天不足啊。上学啦，受人欺负，哭着就找我哥。我哥不用找人家打架，就往那儿一戳，人家就服。

文海：什么时候的事啦，说这个干什么呀！

文涛：大学没咱的份，咱上班，好好干。没什么大成绩，可爸，老二为你丢过脸没有？

陈世荣：那倒真没有。

文涛：是了吧？咱没得过奖状，没当过干部，可咱把咱那点事儿干下来了。一干就是十来年啦。我陈文涛，一不偷，二不抢，三不溜尖耍滑，在这个世界上我不是重要人物，在咱家也不是，可我是个好人。哥，这个评价不过吧？

文海：（感情地）那是！

文涛：春芳！

春芳：（擦着泪）干什么？！

文涛：我陈文涛没出息，我挣不来大钱！我没钱给你买车买房，我甚至连生日的时候给你买的项链都是假的。

春芳：（看看自己的项链）啊！

文涛：可我是真心待你不是吗？你是我的贴心人不是吗？我文涛站起来也是一个1米70的汉子不是吗？怎么就混得连家都没脸回了呢？

文涛"哇"地哭了！

春芳：谁拿你怎么啦？好好的你？你哭什么呀？我也没跟你要钱！没钱咱不是也过来了吗？现在不挺好的吗？

文涛：春芳，哥，我下岗了！

大家都一下子愣住了！

附录五 《人物性格观察练习》参考答案

陈先生的小纸片

我的大学是在上海戏剧学院上的。刚刚入学,去厕所小解,却见面前的墙上正对着脸贴了张笔记本上裁下来的纸,上面写着:"菩萨蛮——为庆祝六一儿童节而作。"那词填得很工,但却读不太明白。从引用的掌故里看出作者定是位老先生。那字也是老先生的,用繁体,规规矩矩的蝇头宋楷。末尾的留名亦是老气横秋——陈汝衡,颇像老中医的名字。他是个什么人?怎么会在厕所的小便池上庆祝儿童节哩?我当时乐得把尿也晃到了池外!(后来才知道,原来每到节日——不拘是妇女节还是元宵节,他都会用那样小小的纸头,在校园里到处贴上他填写的词。)

不久见真人,果然可乐!他已经八十一岁高龄了,踱入课堂的时候却声若洪钟地自我介绍说:"芳龄二九。"是两个九相乘的意思。这时有同学提问时叫了他一声:"陈老师……"他立刻打断了提问正色地说:"以后谁也别叫我老师,要叫先生!"

陈先生是教中国文学的,但他更多的是教古典诗词。说句良心话,"年方二九"的他讲课实在枯燥。然而我敢说没有哪个老师似他这般酷爱讲课。当他摇头晃脑地背诵起诗词来的时候,就如关公抡起了大刀,如入无人之境。人老了,前牙漏风,朗诵的时候前排的同学就感觉局部地区有雨。上他的课很苦恼,终于就有人忍不住跑到系里抱怨听不下去,问能不能换老师。然而系主任苦笑着说:"还是告诉同学们坚持一下。如果我们把陈先生的课停了,他那年纪,他那热情……是不是?"想想也是,大家就再不提。只是共同谋划好了对策。等他上课,我们就从左数第一个人开始提问,然后第二人、第三人……这样一直问到下课。他就只好不断回答问题。其他同学就有了开小差看闲书的时间。陈先生当然不知道我们的阴谋,学生的提问,使他觉得很得意。记得那次轮到我提问,我严重异常地站了起来:"陈先生,不知道《菩萨蛮》是不是可以吟唱？我曾经在厕所的墙壁上看到过先生的……"同学闻说，都从课桌上抬起了暗含笑意的眼睛。老先生全然不觉，当下里为我们朗声吟唱起来，那音调要多怪有多怪，相信定是原装宋味的。先生见我们都笑，更来了情绪，突然问我："唐诗宋词皆有传世之作。敢问现代诗里也有吗？"

"没有！"我几分讨好地说。

万万没想到他却说："不对，有的！"说得全班同学大愣。接着他笑嘻嘻地说："石油工人一声吼，地球也要抖三抖。石油工人干劲大，天大的困难都不怕！"没想到他会用这样的方式挤兑现代诗，大家哈哈笑个不停。

那天，学院里来了个法国学者，是个年青的女子，要为我们讲莫里哀。男生都挤向前排，凑向金发碧眼的身边。那女子很有些欧洲人的傲慢，全然不把在场的学生放在眼里。就在这时，突有人用英语提问，大家惊诧地回头看时却是陈先生。陪同翻译说："对不起，我不太能说英语。"陈先生就立刻换了法语。至今不知道陈先生提的是什么问题，但见那女子红了脸，半天回答不出来。翻译道："她说，这位先生的提问她从来还没想到过。"

回到宿舍，大家都议论着陈先生今日的表现，纷纷觉得分明是为国争光，人人反复说："没想到陈先生还有这两下子。"因为我们无论课上课下，从来没听先生说过任何一个外国词儿！

再一晨，我围着学校跑步，恰遇到陈先生提着篮子买小菜。当下拉着我到他家里坐。步入那狭窄的亭子间，我发现自己已经陷入了书架的山谷里，那四壁的高及屋顶的书令人仰视，给人压力。拿出一册翻看时，竟是先生在30年代写就的《中国曲艺史纲》，再抽一本，还是先生写的，叫《中国说唱艺术考源》。索性向书橱里看去，原来那一排都是先生的著作。这一发现使我目瞪口呆，连师母递上的茶也没喝出是什么味道。那些书中的文字，铿锵有力，字字珠玑，长短节奏，更是有腔有韵。其功力真令我辈汗颜。从那一刻起，我始知年轻人笑声的浅薄。临出门，认认真真地颔首叫了声："陈先生。"

现在，陈先生已经作古多年。他故去的时候我已经当了北京电影学院的老师七年。七年里，我常常会想起他，因为每到过节我的眼前就会出现那贴在墙上的小纸头，尤其是儿童节。

作者：刘一兵

附录六 《妞妞》剧本

胡同 日 外景

　　这是一条典型的北京小胡同,二十世纪五十年代初期的北京胡同里还不似今天这样杂乱,秋日下午的阳光斜斜地照到胡同里那株老槐树的树冠上,本来已经变黄的树叶便像染上了一头金发。

　　俯拍的大全景,灰色的屋顶错落有致。传来阵阵的鸽哨声和女娃娃们的儿歌声——

　　　　小汽车,嘀嘀嘀,

　　　　里边坐着毛主席,

　　　　毛主席挂红旗,

　　　　气得美帝干着急。

　　镜头顺着老槐树的树梢摇下,摇出一伙在树下游戏的小孩子们。女孩子在起劲地跳着皮筋,男孩在一边撅着屁股扇洋画。

　　妞妞的皮筋跳得真好,圆圆的脸跳得红扑扑的,两个羊角小辫上下跃动着。

　　画外传来呼唤声:"妞妞!"

　　妞妞管自跳着,唱着。

　　妞妞妈:(画外音)妞妞,快回家!

　　妞妞还是跳着。

　　在妞妞不远的一侧,她家的院门前,妞妞妈妈朝跳皮筋的女儿喊着。

　　妞妞妈:妞妞乖,快回家看看小姑穿上新娘子的衣裳漂亮不漂亮。

　　妞妞跳坏了,生气地跺着脚。

　　妞妞:人家就再玩一会儿嘛!(转身对伙伴们喊)刚才不算!刚才是我妈捣乱!

　　妞妞妈:看你把衣服弄脏我怎么收拾你!

她无奈地回转身走进院子。

妞妞小姑的闺房内　日　内景

一张年轻女孩的脸,化过妆,梳过头,头上还有朵鲜红的绒线花。她是妞妞的小姑,此刻正一个人坐在炕沿上发呆。从她的神情,看不出一点点新婚的喜悦。

屋里很静,听得到远远的妞妞他们的嬉闹声……

大门外的胡同　时间同上　外景

妞妞他们仍然开心地玩着。

这时远处传来了小贩的吆喝声:"换小泥人啦——换小公鸡兔爷啦——"

胡同那端,一个挑着担子的小贩向这边走来。孩子们立刻欢叫着迎了上去。

泥人担子前　时间同上　外景

孩子们跑过来,把担子围住。

担子上泥人的特写——花公鸡、摇头晃脑的媒婆、胖胖的泥娃娃……

小贩是个头戴小圆帽的老汉,他对孩子们叫着:"不许乱动!摔坏喽!"

妞妞看着面前的花公鸡,眼睛瞪得溜圆。

一个男孩:(指着花公鸡)这个拿什么换?

小贩:十个牙膏皮!

男孩:十个!

孩子们向各家跑去了。

妞妞也向自己家跑去。

堂屋内　过了一阵子　内景

妞妞妈和妞妞奶奶在看小姑的嫁妆。

妞妞妈:妈,您老就放心吧。您看这衣裳够多体面,这被面可是真正的瑞福祥的缎子哩!

妞妞奶奶:嫁这老疙瘩,不能让人家笑话。

这时妞妞急火火地从外边冲进来,一撩帘进了里屋。

妞妞妈:妞妞,你疯跑什么?

里屋　时间同上　内景

小姑看见妞妞进来，眼睛亮了。

小姑：妞！

妞妞：小姑好漂亮呀！像仙女一样！

小姑：妞，过来，小姑教你玩花绷子。

妞妞：（犹豫）我还有事哩，等会儿好不好？

妞妞拉开抽屉乱翻，又把八仙桌上的胆瓶里的东西倒在桌上，可那里除了破梳子和一些头发卡子之类的小物件，没有什么值钱的东西了。

小姑：妞，你翻什么？

妞妞把手指放在唇边，示意小姑小声："嘘——"

她一撅屁股，爬到了床底下，只把个小屁股露在外边。

泥人担子边　时间同上　外景

孩子们拿着各种各样从家里找来的小东西围着老汉叫唤着。

"这着行不行？"

"我这个能换什么呀？"

老汉从一个男孩的手里拿过一个空牙膏皮看了看，给了他一个小泥哨。男孩高兴地吹着，跑了！

"我也要！我也要！"

孩子们吵着，伸出一张张小手。

妞妞跑来，挤近了担子。她的手里举着一把黄灿灿的大铜锁。

妞妞：我要大公鸡！

老汉拿过铜锁细看了一回。

老汉：你拿这个跟家里人说了没有？

妞妞：说了！

老汉把大公鸡给了妞妞。

妞妞一把抢过大公鸡就跑。

妞妞把大公鸡的屁股对着嘴用力地吹，那鸡立刻发出"喔喔"的叫声。

妞妞家院子里　时间同上　外景

妞妞跑进了院门，呜呜地吹着公鸡。

堂屋内　时间同上　内景

妞妞吹着大公鸡跑进来。

妞妞妈：妞妞，这东西哪儿来的？

妞妞一愣，看着妈妈，她的嘴边都是大公鸡染上的红绿颜色。

妈妈一把把公鸡抢过去，妞妞吓得"哇"一声哭了。妈妈一下子拉着妞妞就向外走。

大门　时间同上　外景

妞妞被妈妈强拉着出了大门。

妞妞：（哭喊）我要大公鸡！

泥人担子旁　时间同上　外景

妞妞妈拉着妞妞向老汉冲过来。

妞妞妈：她拿什么换的这个？

老汉看了妞妞一眼。

妞妞不哭了，怯怯地看着老汉。

老汉拿出了那个锁头。

妞妞妈一把抢过了锁头。

妞妞妈：啊？一把铜锁就换你个这呀！（把公鸡向小贩的担子上一敦）你这不是骗人吗？我说你这么大岁数了，怎么骗小孩呀，你亏心不亏心呀！

老汉看着妞妞，眼神里是抱怨。

妞妞不敢看他的眼睛。

妞妞妈拉着妞妞边斥责着老汉，走了。

妞妞回头看。

老头看着妞妞。

小姑屋里　时间同上　内景

妞妞趴在床上哭。

小姑：好啦，妞妞不哭，以后小姑给妞买。

妞妞：小姑嫁人了就不回来和我玩了。

小姑：谁说的？小姑才不嫁人哩！

妞妞：骗人！

小姑：谁骗人谁是小狗。（挑起花绷子来）来小姑教你挑个新花样。

妞妞：（哭）我要大公鸡！

胡同的全景　傍晚（俯）　内景

天色向晚，屋顶罩上了炊烟。

胡同里　傍晚　内景

老汉的担子。上面的泥人已经不多了。

老汉默默地收拾起东西，准备走。他觉察到什么，抬起头来看——

大槐树后面露出了妞妞的小脑袋瓜，虽然只是一闪。

老汉嘴角动了动，挑起了担子，走了几步，又停下来朝妞妞那里招了招手。

妞妞探出小脑袋，看着。

老汉又朝她招招手。

妞妞抿着嘴不肯从大树后面出来。

老汉拿出那个花公鸡，向妞妞晃着。

妞妞还是不动。

老汉把公鸡放在地上，离开了。

妞妞看着老汉消失在胡同的尽头。

那公鸡正静静地摆在当街地上……

堂屋内　傍晚　内景

妞妞进来，她的衣襟下鼓着，里边当然是那只泥公鸡。

她把公鸡拿出来，藏在屋子的角落里。

同上一景　夜　内景

电灯亮着。

一家人在灯下吃着晚饭。

妞妞奶奶向小姑碗里夹菜。

奶奶：多吃点，过了门就得给人家做饭了。

小姑满脸的不高兴。

妞妞很香地吃着。

妞妞：奶奶小姑不想结婚。

妞妞妈：又胡说。

妞妞：我才没胡说呢，是不是小姑？

小姑对妞妞笑了笑。

妞妞却说：小姑真傻，妞妞就想结婚！

"哟！"满屋的人全笑了。

妞妞妈：真没羞！

妞妞也不好意思地笑了。

妞妞：结婚多好呀，能穿新衣服。

小姑笑着问：可妞想嫁给谁呢？

妞妞：（坚定地）嫁给卖泥人的！

全家人又是一阵喷饭大笑。

胡同　夜　外景

黑黑的胡同里传出妞妞家的笑声。

老槐树在晚风中摇曳……

出版后记

无论在好莱坞，还是在我们国内，尽管编剧的权利尚未得到足够的重视，但剧本的重要性却一直是不容置疑的。当我们称赞一部影片时，或许会说演员演得好，导演导得佳，摄影够炫，音乐够赞，然而这一切赞赏往往是建立在优秀的剧本之上的，因为当我们吐槽一部影片时，剧本往往首当其冲，且似乎是"万恶之源"，"剧情简直太烂了"，"某某虽然演得卖力，但那个角色实在是太不给力了"，"某某桥段实在太狗血了，现实中哪有这样的事儿"，"那个人物太假了"，"电影不感人，硬拿音乐煽"……对于故事片来说，没有优秀的剧本作支撑，再精彩的表演，再高明的导演，再炫再酷的摄影或音乐，往往都显得那么无力，因为观众看不到可信可爱的人物，看不到完整缜密的剧情，无法忘我地置身编剧营造的情境……这样一来，与其干巴巴地欣赏表演、摄影或音乐，未若去看综艺节目、live show、风光片或是演唱会、音乐会。

然而一个优秀的剧本从来不是一蹴而就或偶然天成的，一位优秀的剧作家也不是一日长成或天生就能的，他需要一点一滴的积累和天长日久的练习，没有谁天生就是剧作家，大家都是从零开始的。但即便知晓这些，对于很多零基础的剧作爱好者和初学者来说，还是感到一头雾水无从下笔，甚至不知正确的剧本格式为何，只觉得剧作这座城池高渺而森严，有幸走近，却无法走进。而本书，正是带你进入此城池的导航地图。

与国内外众多剧作类图书相比，本书的一大特点就是其生动活泼的语言风格。剧作练习本该是轻松有趣的，如此，才可能创作出趣味盎然的剧本。鉴于此，作者以作为读者的"你"为对象，以其一线创作与教学经验为心理依据，亲切地讲授着从认识剧本格式、认识"一场戏"到选材、分析题材等内容，还不忘偶尔调皮地幽默一下，让你释放创作的压力，缓解构思的焦虑，彷如置身其课堂一样，"零距离"地聆听。在编辑过程中，我们完全尊重这种文风，唯愿大家在阅读本书的时候感觉轻松、有趣。

除文风之外，让阅读与创作变得轻松的还有全书的内容选择与结构安排。如果说创作一个长片剧本是在建造一座大厦的话，那么创作一个微电影剧本更似盖小屋。在本书中，作者既带你赏析那些漂亮的闻名的高楼大厦，也会带你去看那些正在施工或样貌平平的小屋，最终，教你学会建造属于自己的小屋。麻雀虽小，五脏俱全。唯有先学会建造小层，才可更好地建造大厦，所以本书的内容主要聚焦在微电影剧本的创作上，但最终指向，却是为创作长片剧本做准备。

在结构上，作者依据构思与创作的线性环节来安排，先教你认识剧本格式与一场戏的结构，然后一一讲解电影思维、对白、选材等环节，直至写出故事梗概和分场提纲，最终完成微电影剧本的写作。这样一来，即便你的基础为零，亦可以一步一步地跟着作者来认识和练习，一点一滴地训练自己夯土、建基、和泥、搭架、砌墙、上梁、铺瓦的功夫，最终建成自己的小屋。若你已有一定的基础，也可以不拘泥于整个流水线的线性结构，选择性地选取独立的练习来做，比如侧重训练夯土或者砌墙。

特别感谢刘一兵老师的热心帮助，他不但为提供了很多自己的作品作为本书的案例，且百忙之中审订了全书。

在编辑过程中，我们也尽量本着让作为读者的你轻松悦目的原则，用不同的字体将正文与剧本区别开来，将剧本与分析文字左右对照。轻松，或是通往自由与自在的绝佳状态，也唯有如此，阅读才有趣味，创作才有乐趣，祝您阅读愉快。

后浪电影学院
2014 年 1 月

图书在版编目（CIP）数据

微电影剧作教程 / 刘纯羽著 . — 北京：北京联合出版公司，2014.2（2024.12 重印）

ISBN 978-7-5502-0458-4

Ⅰ . ①微… Ⅱ . ①刘… Ⅲ . ①电影文学剧本—创作方法—教材 Ⅳ . ① I053.5

中国版本图书馆 CIP 数据核字（2014）第 015207 号

Copyright © 2014 by Ginkgo (Beijing) Book Co., Ltd.
All rights reserved.
本书版权归属于银杏树下（北京）图书有限责任公司

微电影剧作教程

著　　者：刘纯羽
审 订 者：刘一兵
出 品 人：赵红仕
选题策划：后浪出版公司
出版统筹：吴兴元
编辑统筹：陈草心
特约编辑：赵丽娜
责任编辑：刘　凯
封面设计：周伟伟
营销推广：ONEBOOK
装帧制造：墨白空间

北京联合出版公司出版
（北京市西城区德外大街 83 号楼 9 层　100088）
天津中印联印务有限公司印刷　新华书店经销
字数 222 千字　690 毫米 ×960 毫米　1/16　14 印张　插页 2
2014 年 2 月第 1 版　2024 年 12 月第 12 次印刷
ISBN 978-7-5502-0458-4
定价：29.80 元

后浪出版咨询（北京）有限责任公司　版权所有，侵权必究
投诉信箱：editor@hinabook.com　　fawu@hinabook.com
未经书面许可，不得以任何方式转载、复制、翻印本书部分或全部内容
本书若有印、装质量问题，请与本公司联系调换，电话 010-64072833